读客科幻文库

跟着读客读科幻，经典科幻全看遍。

地海传奇 | 第②部 | Earthsea Cycle II

地海古墓

The Tombs of Atuan

Ursula K. Le Guin

[美] 厄休拉·勒古恩 著

蔡美玲 译

厚坚
博茨
罗格密
欧司可海峡
梭瑞司克
欧司可
挪斯特
碎石礁
依波司可
突普
拉英
德群岛
偕梅
道恩
安丹登山
彼西
伊彼西
西勒
德黑门
纳维墩
偕勒多
偕勒多之门
欧农
龙居诸屿
乌里
乌西翟洛
黎斯克
耶逖
印嘎特
托林峡
昂图哥
帕恩
革梅
贝茨
帕恩海
法力恩山脉
娄叟
艾伯恩
斜辟墟
托宁
下托宁
厚斯克
蟠多
奈墟
内极海
九十屿
卓干
柔克
吉斯
绥尔镇
安丝摩
瑟得
帕迪
瓦梭
西陲
开尔突
阿林思
邻开尔突
法尔突
西姆利
阿巴
节西济
沙岛
洛拔纳瑞
欧贝侯
南陲
威勒吉
长沙丘
远叟

鲸屿
寇摩寇米
施米奇
列夫
北恩瓦
索特
南恩瓦
阿勒诺群岛
别瑞斯韦
北陲
翡林斯
可山脉
内玄
安卓群屿
英拉德之颔
北齿列屿
欧兰扎
锐亚白
南齿列屿
佩若高
安卓
胡珥胡
卡耳格帝国
麦斯雷斯
欧瑞尼亚
弓忒
阿耳河河口
伊亚
东港
坎渤
司贝维
珥尼尼
伊比亚
弓忒港
亚海
陵墓
托何温
巴尼斯克
阿瓦巴斯
峨团
瑞文尼亚山脉
卡瑞构
伊斯可
欧恩山
托里口
手岛
肯伯口
黑弗诺大港
威岛
欧查德
飞克威
飞克威湾
虚里丝
撒丁
肥米墟
威马施
芬围
米墟港
悦儿
偶托克尼
佩丽蓝
斯乃哥
攸尼海岭
外依蓝
偶港
偶岛
封闭海
东陲
意斯美
远托利
托壳
易飞墟
狗皮墟
攸尼
扣儿圃
猴圃
殷司莫
卡圃
纳密恩
阿普索
塞力特列屿
肖尔
索德斯
弥斯克
罗洛梅尼
瓦梭
嘎勒
都涅
培拉莫
够斯克
大南礁
寇内
耳岛
埃斯托威
开阔海

溪河
峨团陵墓
大迷宫
彩绘室
骸骨室
大宝藏室
铁门
巨坑
囚链室
墓穴
红岩门
宝座殿内的
活板门

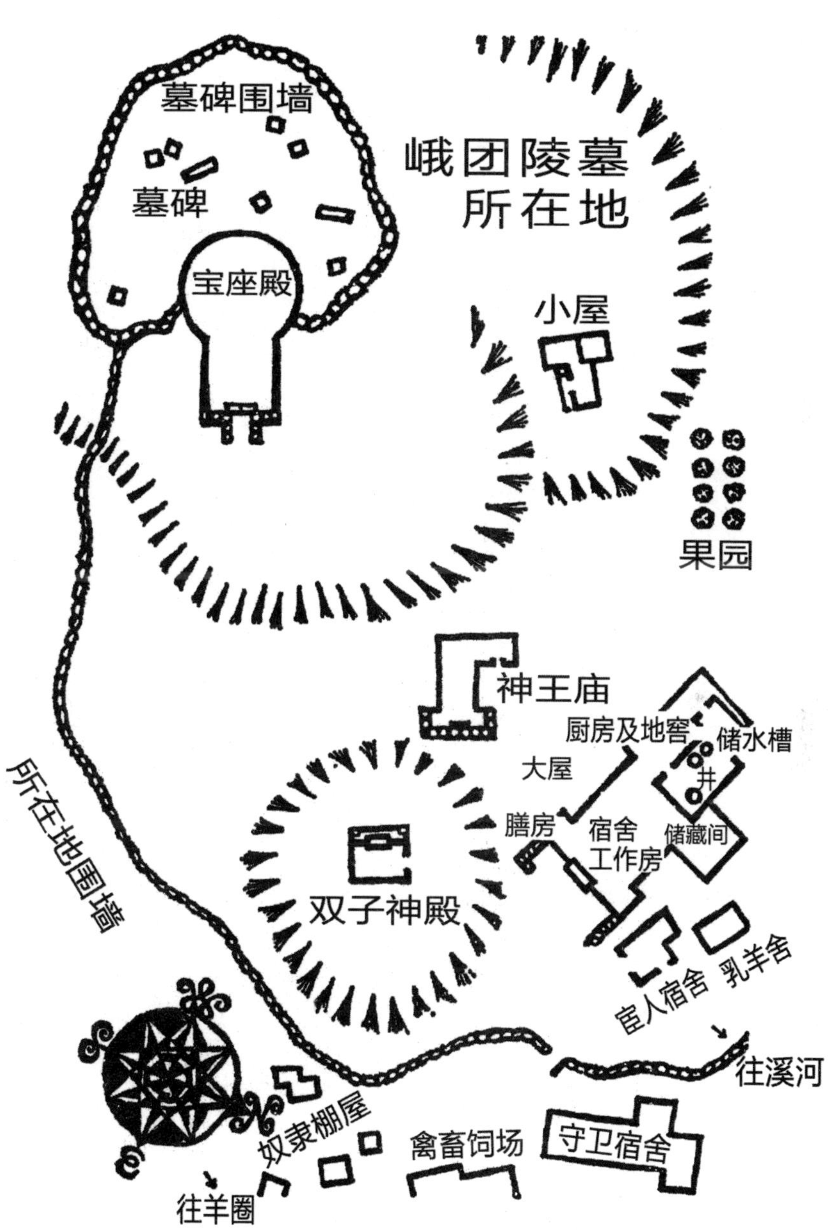
墓碑围墙
墓碑
宝座殿
峨团陵墓
所在地
小屋
果园
所在地围墙
神王庙
厨房及地窖
储水槽
大屋
井
膳房
宿舍
工作房
储藏间
双子神殿
宦人宿舍
乳羊舍
往溪河
奴隶棚屋
禽畜饲场
守卫宿舍
往羊圈

献给泰路莱德的红头

目 录

序幕

“回家了，恬娜！回家了！”

暮光朦胧的深幽山谷里，苹果树含苞待放，躲在阴影中的枝丫上，偶见几朵早开的苹果花，红白交呈，宛如一颗颗幽光微现的星辰。乍被雨水淋湿的浓密新草，沿着果树间的小径蔓延，小女孩在草地上快活地跑着。她听见这声呼唤，没有马上返家，反倒又绕了一大圈。母亲在小茅屋门边等候，身后衬着屋内火光，她凝望着蹦蹦跳跳返家的女儿，那小小身影有如树下渐暗草丛中迎风摇曳的蓟花冠毛。

茅屋一角，父亲边清理一把黏着泥土的锄头，边说：“干吗管那孩子？她们下个月就要来把她带走，永远不回来了。干脆当她死了，进了坟墓，再也见不着算了。干吗紧守着注定不是你的东西？她对我们一点用也没有。要是她们能付点买身资，那她还有点价值，但压根儿没这回事。既然是白白带走，就甭再费心了。”

母亲一言不发，依然注视着孩子；孩子半途停下来，仰望果树缝隙间隐隐约约的天空。高山群树之上，俗称黄昏星的金星正散发耀眼光芒。

“她不是我们的孩子。自从她们来到这里说恬娜就是她们要找的‘护陵女祭司’起，她就不再是我们的了。你为什么还想不通？”男人的声音严苛无情，满溢怨气和酸苦，“你还有四个孩子，他们会留下来，但这女孩不会。甭替她操心了，随她去吧！”

“时候一到，”女人说，“我自然会放手。”这时，小女孩光着白皙的小脚丫跑过烂泥地，到家了。母亲弯腰抱起女儿，转身进屋时还低头亲吻她的发梢。女儿有一头乌黑的头发，而母亲自己的头发在摇曳的炉火映照下，看起来则是浅色的。

男人赤足站在屋外泥地，脚底起了阵凉意。头顶上方，明朗的春季天空渐渐暗了。暮色中，他满面悲凄——那是颓唐、沉愤的悲凄，但他自己永远找不到足以宣泄悲情的字眼。最后，他耸耸肩，尾随妻子进入火光掩映、稚语回荡的小茅屋。

第一章

被食者

THE EATEN ONE

高昂号角声吹鸣又静止。划破此刻寂静的，仅是节奏轻缓如心跳的鼓声，以及应和鼓声行进的脚步杂沓声。宝座殿屋顶的石板和砖瓦有一大片已成排坍塌，时隐时现的斜阳透过屋顶缝隙和缺口射进来。时间是日出后一个小时，空气宁谧而清凉。堆聚于大理石地砖间的杂草枯叶，叶缘结了霜，女祭司们的黑长袍拂扫而过，发出轻轻的唰唰声。

她们每四人排成一列，从双排柱间穿过宽广大厅。单鼓咚咚，无人言语，无人举目观顾。着黑装的女孩手持火把，火炬行经日光照耀处便显橙红，进入昏暗时则越显明亮。宝座殿外的台阶上站了些男人，分别担任卫兵、号手和鼓手。大门内只有女人可以进入，她们全部身着黑袍，头罩黑帽兜，四个四个一起徐徐步向空荡荡的宝座。

进来两个高大的女子，也穿黑袍，一个瘦削严厉，一个墩肥而步履摇摆。走在这两人中间的是个女孩，约摸六岁，身穿宽松的直筒白袍，露出头、双臂和双腿，没穿鞋，看起来纤小异常。三人走到宝座前的台阶下，稍早进来的黑袍女祭司已在那里列队等候。这两个高个儿女子停步后，将女孩向前轻推。

由屋顶暗处延伸下来的大片黑暗，好像变成几块大黑网，把高台宝座的两侧围了起来。究竟它们真的是帷幕，或仅是浓密的暗影，肉眼无法明确判断。宝座本身是黑色的，椅臂和靠背镶有宝石或黄金，发出若隐若现的光芒。这宝座奇大无比，一个大男人坐上去也会变成侏儒，可见这并非凡人尺寸。座中无人，只有一团黑暗。

宝座前的红纹大理石台阶共七级。小女孩单独爬上台阶，这些台阶又宽又高，她必须两脚都踏上一级后，才能再爬另一级。她爬到第四级后停步，这级台阶刚好是七级台阶的中间一级，阶上正对宝座处竖立了一根粗壮的大木块，顶端挖空。小女孩双膝跪下，俯首微侧，把头放进那个顶端空穴后，静跪不动。

宝座右侧暗处突然步出一个身影，朝小女孩静跪的台阶大步逼近。他头戴白色面具，身穿束腰白羊毛长袍，手持一支五英尺[1]长的闪亮钢剑。他没有说话，也没有迟疑，马上两手合执长剑在小女孩脖子上方挥动。鼓声暂歇。

剑锋挥到最高处静止时，一个身着黑衣的人影由宝座左侧蹦出来，跃下阶梯，以较为细瘦的臂膀阻挡献祭者持剑的双臂。长剑的锋刃在半空中闪闪发光。小女孩的白色颈背裸露，黑发由颈背处分为两股垂下。两个不见容貌、宛如舞者的黑白人影，在静跪不动的小女孩上方对峙片刻。

四周寂静无声。接着，这两个人影向两侧一跃，爬回阶梯，消失在大宝座后的黑暗中。一名持碗的女祭司上前，将碗中液体倾洒在小女孩静跪的台阶旁。大殿内的昏暗光线下，污渍看起来是黑色的。

小女孩站起来，吃力地爬下四级台阶。等她在台阶下方立定站妥，那两名高个子女祭司便为她穿上黑袍，拉起黑帽兜，披上黑斗篷，再推她转身面向台阶、黑污渍及宝座。

“啊，谨奉献此女童，请累世无名者细察。此女童确为累世

① 1英尺≈0.305米。——编者注（若无特别说明，本书脚注均为编者注）

无名者所转生。请接纳此女童之生命与毕生岁月，因其生命与生年均为累世无名者所有。请接受她吧。请让她被食尽！”

与号角声同样高昂刺耳的人声回应道：“她被食尽！她被食尽！”

小女孩从她的黑帽兜里注视宝座。镶嵌在巨大爪雕椅背和扶手上的珠宝均已蒙尘；雕花椅背有蛛网攀结，还有猫头鹰遗下的白粪。宝座正前方那三级较高的台阶，也就是她刚才跪立处以上，从不曾有凡人的尘脚踩踏过，累世的尘沙厚如一块灰土层，这经年累月，甚至数世纪之久未受搅动、未经涉足的尘土，完全掩盖了红纹大理石面。

“她被食尽！她被食尽！”

这时，鼓声突然再度敲响，节奏加速。

宝座台阶前的队伍缓缓转身离开，默然朝东步向远处明亮的大门廊。两旁壮似巨兽小腿的粗大双白柱，往上直伸向天花板暗处。小女孩夹在同样都穿黑袍的女祭司群中，赤裸的小脚庄重地踩过结霜的杂草和冰凉的石板。阳光斜穿过破屋顶，照亮她前方的走道，但她没有仰头。

守卫将殿门大大打开，黑压压的队伍鱼贯而出，步入稀薄的晨光和凉风中。刺目初日悬浮在东边那一大片无垠旷野的上方，将金黄光芒投射在西侧的连绵峰峦和宝座殿的正面。和宝座殿同在一个山坡面的建筑，由于位置较低，都还笼罩在紫蓝色暗影中，唯独山道对面小圆丘上的双子神殿，因殿顶新涂金彩未几，正反射日光而熠熠生辉。四人并列的女祭司黑色队伍沿陵墓山丘的坡道迤逦下行，边走边轻声诵唱。她们的诵唱只有三个音，不断反复，至于诵词早因年代古老而失去意义；好比道路不见，路标仍存。她们反复诵唱着空洞字眼，“第一女祭司重生典礼”这一整天，也就如此这般充斥着女音低唱，充斥着干涩而吟诵不止的嗡嗡声。

小女孩被带领着走过一个又一个房间，一座又一座庙宇。在一个地方，有人把盐放在她舌上；另一个地方，她朝西跪下，长发被剪短，用油膏润洗，再洒以醋水；又一个地方，她面朝下躺在一座祭坛后方的大块黑色大理石板上，听着高昂人声大唱挽歌。一整天，她和所有女祭司均没进食，滴水未沾。黄昏星亮起来时，小女孩被安顿上床，全身赤裸，只裹了几块羊皮毯。她不曾在这房间就寝过。这房间位于一栋闭锁多年、典礼当天才开锁的房子里；房屋挑高，纵向狭长，没有半扇窗户，弥漫着一股凝滞而陈腐的死味。女祭司们未发一语，把她单独留在黑漆漆的房里。

小女孩被安置好之后，就一直照原样静躺着，始终没有改变姿势。她两眼大张，就这样躺了好久。

她看见高墙有光影晃动，有人悄悄沿走廊而来，遮着灯芯草蜡烛，外泄的烛光顶多只像一只萤火虫的微光。接着，她听到一个人沙哑的低语："呵，你在哪儿，恬娜？"

小女孩没有回答。

一颗头由门口探进来。一颗奇怪的头，没有头发，看来像一颗剥了皮的马铃薯，颜色也似剥皮马铃薯那种淡黄色；眼睛则像马铃薯的芽眼，小小的，土棕色；鼻子夹在两片大而平的脸颊中间，显得非常小；嘴巴像是没有嘴唇的细缝。小女孩一动也不动地呆望着这张脸，那双深色大眼睛仍然一动也不动。

"呵，恬娜，我的小宝贝，总算找到你了！"声音沙哑，音高虽像女声却不是女人的声音，"我不应该来这里，我顶多只能走到门外的玄关，但我得来瞧瞧我的小恬娜经过这冗长的一天后情况怎么样了。啊，我可怜的小宝贝还好吗？"

他魁梧的身形静悄悄移向小女孩，边走边伸出手，好像要梳理女孩的头发。

“我已经不是恬娜了。”小女孩说着，依旧瞪着他。他的手在半途停住，没碰女孩。

“我晓得，我晓得！”他说。过了一会儿又小声说：“我晓得，现在你是小小被食者，但我……”

她没说什么。

“对小孩而言，这是辛苦的一天。”男人说着，在房内踱步，淡黄色大手所执烛火随之晃动。

“马南，你不应该进到这屋子里来。”

“对，对，我知道。我不应该进这屋子。唔，晚安，小……晚安。”

小女孩没说什么。马南缓缓转身离开，高墙上的烛光消逝。不再拥有名字，只余“被食者阿儿哈”之称的这个小女孩，独自仰躺着凝视黑暗。

第二章

围墙

THE WALL AROUND THE PLACE

小女孩日渐长大，渐渐失去对母亲的记忆而不自知。她属于这里，属于这个陵墓所在地；她从来都是这里的人，只有在七月的漫长黄昏，当她望着西侧的连绵山峰在日落余晖中呈现干枯的狮子黄，才会偶尔想起好久以前某处炉火也呈现相同的黄光。她想到这儿时，总会顺带忆起自己被拥抱的片刻，那是种奇怪的感觉，这里的人连碰都不怎么碰她。她还会想起一种令人愉悦的气味，是头发洗完后用洋苏叶水润滑过的香气，而那记忆中的发丝很长，发色和日落霞光、炉火焰色相仿。留在她记忆中的仅剩这些。

当然，她知道的事多于记得的事，因为有人告诉她这整个故事。七八岁时，她开始纳闷这个叫作“阿儿哈”的人到底是谁，她跑去找她的保护者——管理员马南，说道：“马南，告诉我当初我是怎么被拣选的。”

“噢，小人儿，你早就知道经过啦。”

她确实知道。个子高大、声音沙哑的女祭司萨珥曾告诉她多次，她早就默记在心，于是就背诵道：“没错，我知道。峨团陵墓的‘第一女祭司’仙逝，葬礼和净礼在阴历一个月内举行完毕。之后，陵墓所在地几位特定的女祭司和管理员联袂横越沙漠，到峨团岛各村镇访查。她们要找寻第一女祭司去世当夜出生的女婴。找到后，她们会先花点时间观察。这女婴必须身心健全，成长期间也不得罹患伛偻、天花或其余致残或致盲疾病。直到五岁，如果始终无疾无瑕，就表示这孩子的身体确实是已逝女祭司的新身体。她们会把这结果向常驻阿瓦巴斯的‘神王’报告，接着便将孩子带回她的殿堂这里，受教一年。一年结束，小孩被带去宝座殿，届时她的名字会送还给她的众主母，也就是‘累世无名者’，因为这小女孩就是‘在世无名者’，也就是‘转世女祭司’。”

以上就是萨珥告诉她的，一字不差，但她从不敢多问。这位瘦削的女祭司并非残酷无情，只是非常冷淡，一举一动严遵戒规，阿儿哈怕她。但阿儿哈不怕马南，非但一点也不怕，她甚至会命令他：“现在告诉我，当初我是怎么被拣选的！”他就会再告诉她一遍。

“我们在月亮回盈后第三天离开这里，前往北方和西方探访，因为已故阿儿哈是在前一次月亮回盈第三天去世的。我们第一站到铁拿克拔，那是座大城，虽然有人说，铁拿克拔比起阿瓦巴斯，有如跳蚤之于大牛，但对我而言，它实在够大了，那城里想必有一千栋房子！接着我们到嘎尔。但这两座城市都没有前一次月亮回盈第三天出生的女婴。男婴倒是有，但男婴不行……所以我们转向嘎尔北边的山村乡镇，也就是我自己的家乡。我是在那边的山区出世，那儿溪水潺潺，土地青绿，不像这里的沙漠。”马南说到这里，沙哑的声音里总会多些怪音调，一双小眼睛会全部藏进眼皮里。他停顿一会儿，才又继续说：“就是这样，我们找出前一个月有新生婴儿的人家，与婴儿的父母谈话。有的人会撒谎说：‘是啊，我们的女孩确实是上个月月亮回盈第三天出世的！’你知道，穷困的乡下人通常很乐意把女婴送走。但有些人家穷哈哈孤零零住在山区谷地陋屋中，从不算日子，也不太注意月亮回盈的时间，根本无法确定他们的女婴到底多大。碰到这种情形，只要询问够久，我们总能问出真相，只是耗费时间罢了。最后，我们在恩塔特西方的果园谷，一个十户人家的小村子，找到一名女婴。当时她八个月大，我们刚好也外出查访了大约那么久。那女婴是在护陵女祭司去世那一夜出生的，而且就在同一个时辰。她是个健康的女婴，我们一行人像蝙蝠群涌入巢穴似的挤进那只有一间房的小屋时，她就坐在母亲膝上，明亮的眼睛盯着我们大家。女婴的父亲是个穷人，平日以照料富人果园的苹果树维生，除了五个子女和一只羊以外，别无所有，就连房子也不是他的。我们全挤在小屋内，从女祭司们注视女婴的表情，还有她们彼此间窃窃私语的样子，可以看出她们认为已经找到转世女祭司了。女婴的母亲也看得出来，她紧紧抱住婴孩，始终不发一语。唔，就这样，我们第二天再回去找那户人家。可是，天啊！那个有着明亮大眼的小婴孩躺在灯芯草堆成的小床中哭闹不止，全身上下布满热病引起的肿痕和疹子。母亲号哭得比婴儿更凶：'啊！噢！我的宝贝犯了女巫手指！'她是这么说的，意思是感染了天花。在我们家乡，一般人也叫天花为'女巫手指'。然而，现任'神王高等女祭司'的柯琇走向小床，抱起婴孩。其余人倒退好几步，我也是。虽然我没有很看重自己的性命，可是谁会走进一间有人染患天花的房子？但柯琇一点也不怕，至少那一次不怕。她抱起女婴，说：‘她没有发烧。’随后，她吐了点唾沫在手指上，开始揉搓婴孩身上的红斑点，红斑一搓就掉了，原来只是莓果汁罢了。那个可怜的笨母亲居然想欺瞒我们，保住孩子！”说到这里，马南纵声大笑。他的黄脸孔几乎没变化，但肚皮起伏不已。“她丈夫害怕女祭司因此发怒，就把她痛打了一顿。没多久，我们就回到沙漠这里来了，但每年陵墓所在地这里都会派一个人返回那个环绕着苹果园的小村子，查看孩子的成长。五年过后，萨珥与柯琇亲自前往，同行护送的还有神庙守卫及神王特派的红甲士兵。他们一行人将小孩带来这里，因为她确实是护陵女祭司转世，是属于这里的。小人儿，你说，那个小孩是谁，呃？”

“是我。”阿儿哈说时，两眼遥望远处，仿佛要看出她无从得见且不在视野内的什么东西。

有一回她问：“他们一行人去带那小孩时，那个……那个母亲有什么反应？”

但马南不知道，因为最后那次他没有随行。

连她自己也不记得了。就算记得，有什么好处呢？已是过去的事了，都过去了。她已经来到这个她必须来的地方。浩瀚尘世她只晓得一个地方：峨团陵墓所在地。

来此头一年，她与见习女祭司们睡在大寝室，她们全是些四至十四岁的女孩。在当时，马南便已从十名管理员中被单独指派为她的特别保护者；而她的床一直都单独安放在大寝室的一个凹室里，与大寝室那个屋梁低矮的狭长主房略微分开。大寝室设在“大屋”里，大屋是这些女孩睡前嬉闹及说悄悄话的地方，也是她们在稀薄晨光中边打呵欠边互相帮忙编发辫的地方。等到名字被取走而成为“阿儿哈”以后，她被安排单独睡在“小屋”内，小屋内的那个房间、那张床，就将是她此后一生睡觉的房间和床铺。小屋是她个人的，正式名称叫“第一女祭司之居”，没有她准许，任何人都不可以擅自入内。她年纪还很小时，很喜欢听别人服从地先敲门，由她说：“准你进来。”但柯琇与萨珥这两位高等女祭司理所当然认为可以获得她准许，总是不敲门就进房，这点让她很不高兴。

千篇一律的日子一天天一年年过去。陵墓所在地的女孩们把时间全花在上课及受训，没有安排任何游戏，因为没有时间游戏。她们必须学圣歌、圣舞、卡耳格帝国历史，以及她们崇奉的诸神秘迹，包括统治阿瓦巴斯的神王和双子神“阿瓦”与“乌罗”。在这么多女孩中，只有阿儿哈一个人必须额外多学“无名者礼仪”。这门课由一人负责传授，即“双子神高等女祭司”萨珥。由于这门课，阿儿哈每天必须与别的女孩分开一个小时或更久，但她与别的女孩一样，日子大半花在工作上。她们要学纺织和编织羊毛絮，要学种植与收成，要学调理日常餐食，比如将玉米磨成粗粉煮成粥，或用细面粉制作未发酵的面包，或料理小扁豆、洋葱、包心菜、山羊奶酪、苹果、蜂蜜等。

有可能碰到的最好的事，是获准去钓鱼。带颗苹果或玉米凉饼当午餐，走到陵墓所在地东北边约半英里[①]远处，那儿有条流经沙漠的深绿色溪河，坐在溪岸的芦苇丛间，顶着干燥的阳光，一整天静看绿水缓流及云朵投在群山上的阴影变化。但是，有时钓线抽紧，大力一挥，一条闪闪发亮的扁平鱼落到了河岸，它蹦跳不停，随后在空气中窒息干毙。这段时间倘若兴奋尖叫，梅贝丝就会像条毒蛇般嗞声道：“安静！你这个吱喳乱叫的笨蛋！”梅贝丝平日在神王庙工作，她是个黑皮肤的女子，年纪尚轻，却像黑曜石般坚硬锐利。她热爱钓鱼，你得讨好她，绝对不要出声，否则她可不会再

① 1英里≈1.609公里。

带你出去钓鱼。若不能去钓鱼，就别想再接近那条河——除非等夏季井水水位低而必须去河里取水。夏天去河里取水是累人的差事，得忍受烧灼的高温，跋涉半英里远，下山到河边，汲满挑担两端的两个桶子，然后以最快速度上山返回陵墓所在地。开头一百码还容易，接下来水桶越来越沉重，肩上挑担像根热铁棒般灼烧，干燥的山路阳光刺目，提脚迈步越来越沉缓艰难。最后终于走到大屋后院菜园的阴凉处，把两桶水哗啦倒进贮水槽。提完这两桶，必须再回河边取水，一次又一次，没完没了。

陵墓所在地的范围内住了约两百人，但建筑不少。先说“所在地”这个名字：“峨团陵墓所在地”仅需这么简单称呼即可，它是卡耳格帝国四岛中最古老也最神圣的地区。区域内的建筑有三座庙、大屋、小屋、宦人管理员的宿舍，以及紧靠围墙外侧的守卫宿舍、为数不少的奴隶棚屋、仓房、绵羊圈、山羊圈、饲养场等。远看像座小镇——倘若从西边干枯的连绵峰峦朝这方向看过来。那些山峦可说是寸草不生，只长了洋苏草、稀疏零落的蔓生线草、小杂草和沙漠药草等少数几种植物。若是从远远的东边平原向上望，则可能会见到双子神殿的金黄屋顶在群山下闪耀，有如一大片岩石中的一丁点云母石。

双子神殿本身是个石造立方块，涂敷灰泥，有条低矮的门廊和一扇门，没有窗户。比双子神殿晚建几百年的神王庙则耀眼得多，它在山坡的位置比双子神殿低些，但有挑高的柱廊，外加一排柱头上了色的粗大白柱。每根白柱都是一整根杉木，由盛产林木的胡珥胡岛以船运到峨团岛，再由二十名奴隶竭力拖越不毛的沙漠平原到达陵墓所在地。从东边来的旅人看到神王庙的金黄屋顶和亮眼木柱后，接着就会看见山坡上较前述所有建筑还高些的位置，有座与沙漠同样呈土棕色也同样荒废的殿宇——巨大但低矮的宝座殿。它是同类殿宇中最古老的一座，墙壁迭经修补，略显平钝的圆顶也已渐次崩毁。

宝座殿后方，有堵厚重的石墙环绕整片陵墓丘的丘顶，这石墙没涂抹灰泥，且多处倾颓。石墙内侧有好几块黑岩石，高十八或二十英尺，一个个像是由地底蹿出来的一根根巨大手指。谁要是见着它们，准会不断回顾。它们煞有深意地矗立在那儿，却不曾听谁说过它们意味什么。黑石共计九块，其中一块屹立未倾，两块全倒，其余的也或多或少倾斜。石块表层覆满了灰橙交杂的苔藓，看起来好像被人着了色；但其中有一块没覆苔藓，乌黑的色泽隐然发亮，且摸起来滑顺无纹。其余岩石虽披覆苔藓，仍可隐约瞧见或摸出石上刻了些形状记号。这九块黑岩石是峨团陵墓的墓碑。据说，自从太初第一人降世，自从地海创生以来，它们就竖立在这儿。普世诸岛由海洋深处举升而出时，它们就在黑暗中竖立着了。它们比卡耳格帝国的历代神王年老，比双子神年迈，甚至比“光”还年长。它们是凡人俗世开始存在以前，历代不知名统治者的墓碑。既然统治者“无名”，后世服侍的女子也随之“无名”。

阿儿哈不常去墓碑间走动。墓碑就竖立在宝座殿后方，石墙环绕的山顶，那儿未曾有别人涉足。每年两次献祭的仪式都在宝座前进行，日子是在最靠近春分和秋分的月圆日。仪式进行时，阿儿哈会端着一只大黄铜盆，由宝座殿的低矮后门走出来。铜盆里盛的是滚烫冒烟的山羊血，她必须将这些山羊血一半洒在那块仍然屹立的黑墓碑石底座，另一半洒在已倾的任何一块墓碑上。那些倾倒的墓碑深嵌在岩尘中，历经数世纪献祭羊血的浇灌而陈垢斑斑。

有时阿儿哈会在清晨时分独自在黑石间漫步，想弄清楚上头刻的是什么，因为此时晨光斜射，岩石上模糊的隆起和凹痕较为凸显。不然，她就坐在墓碑间仰望西边群山，俯瞰下方一览无余的陵墓所在地建筑屋顶和围墙，观看大屋与守卫宿舍周围的第一波晨起骚动，并遥望绵羊和山羊群被驱赶到青草稀疏的河畔。在墓碑区那里，永远不会有什么事好做，她之所以去，一方面是由于准许她去，一方面是由于在那儿她可以独处。那儿其实是个荒凉的地方，即使顶着这沙漠地带正午的暑热，那一带仍然有股阴冷感。有时邻近的两块墓碑间风声飕飕，就好像两块墓碑正倚着彼此在倾吐秘密。但最终没有说出任何秘密。

另一道较低的石墙从墓碑围墙的一处延伸出去，这道石墙围绕着陵墓所在地全区山丘，呈一长条不规则的半圆，半圆末端朝北伸向溪河，逐渐消失。这道石墙起不了什么保护作用，只是把所在地分隔成两半，一边是三座庙宇殿堂、女祭司住房、管理员宿舍，另一边是守卫宿舍和奴隶棚屋。奴隶平日负责所在地一切种植、放牧及饲养工作。守卫和奴隶不曾跨越这道石墙，除非遇上几个极神圣的庆典，才会有守卫、鼓手、号手等参与女祭司的行列，但他们从不曾踏进神殿大门。此外，没有别的男人曾涉足所在地内侧土地。以前曾有四岛屿的朝圣者、帝王和族长来此敬拜；一个半世纪前，第一位神王也曾亲临他的神庙制定仪规。但就连他也不能进入墓碑间的地带，就连他也必须在围墙外侧用餐、就寝。

只要把脚趾塞进岩石罅隙，就能轻易爬上这道矮墙。暮春的某个下午，小小被食者与一个名叫潘姒的女孩就坐在墙头。两人都十二岁了，那天下午本应在大屋内一间很大的石阁楼纺织室中，坐在几架总是扭着清一色黑羊毛的大纺织机旁，织制黑袍需用的黑布。她们借口到庭院井边喝水，溜了出来，然后阿儿哈说："走吧！"便领着那女孩步下山丘，绕到看不见大屋的围墙边。两人爬上去坐在十英尺高的墙头，没穿鞋的脚放在围墙外侧晃荡，俯瞰东方和北方延伸不尽的平原。

"真想看看大海。"潘姒说。

"看大海做什么？"阿儿哈说道，嘴巴嚼着从墙头拔下来的苦味马利筋梗。这个贫瘠岛屿的花季刚过，所有长得慢、谢得快的沙漠小花，不管是黄是粉是白，都准备结籽了，风中散布着灰白色的细羽毛和伞状种子，正向地面巧妙地抛掷钩状毛刺。果园的苹果树底下，一地碎花瓣，白色粉色错杂，但枝丫犹绿——那是所在地方圆数英里内仅有的绿色。由这一头地平线望到另一头地平线，除了西边群山因洋苏草刚绽放花苞而形成一条银蓝的色带外，所有一切都是单调的沙漠茶褐色。

"唔，我不知道看海要做什么，只是想看看不同的东西罢了。这里永远一成不变，什么事也不会发生。"

"每个地方发生的事，都由这里开始。"阿儿哈说。

"噢，我知道……但我想看一两件正在发生的事！"

潘娳微笑着，她是个性情温和、外貌悦人的女孩。她把脚底放在被太阳晒热的岩石上搓磨着，一会儿又接着说："你知道，我小时候住在海边，我们村子就在海滨沙丘的正后方，我们不时会到海滩玩耍。记得有一次，远远的海面上有支船队经过，那些船看起来像是长了红翅膀的巨龙，有的船真的有脖子，还有龙头。它们从峨团岛旁驶过，但村长说它们不是卡耳格人的船，而是来自西部那些内环岛屿。村人都跑来看，我猜他们是担心那些船靠岸登陆。结果那些船只是经过，没人晓得它们要去哪里，也许是到卡瑞构岛打仗吧。但你想想看，它们真的是从巫师之岛开来的，那些岛上的人，肤色全跟泥土一样，却能易如反掌地对人施咒。"

"他们的咒语对我无效，"阿儿哈语气凶蛮地说，"这些人我看也不会看一眼。他们全是卑劣可恶的术士。他们居然敢那么靠近这座神圣岛屿航行？"

"噢，我猜有一天神王会征服他们，把他们都变成奴隶。但我还是盼望再看看大海。记得海滨潮汐池里有一种小型章鱼，你如果对它们大叫'咘'，它们会立刻变成白色。瞧，老马南过来了，他在找你。”

阿儿哈那位护卫兼奴仆正沿着围墙内侧慢慢走来。途中，他不时俯身摘拔野生洋葱，一弯腰，就看见他隆起的驼背。拔完直起腰杆时，他会用那双迟钝的土色小眼睛观望四周。这几年下来，他长胖不少，发已秃落的黄色头皮在阳光下发光。

“我们朝男人区这侧滑下去一点。”阿儿哈小声说着。于是，两个女孩有如蜥蜴般柔软地顺着石墙往下滑，滑到刚好吊挂在墙头但内侧瞧不见的位置。她们听见马南缓慢的脚步声走过去。

“呵！呵！马铃薯脸！”阿儿哈低声奚落，声音轻细如草间微风。

沉重脚步声中止。“呵，”犹疑不定的声音说道，“是小人儿吗？阿儿哈？”

寂静无声。

马南继续向前。

“呵！哦！马铃薯脸！”

“呵！马铃薯肚皮！”潘姒也仿照她小声说，但接着嗯哼一声，努力压抑笑声。

“是谁？”

寂静无声。

“噢，唔。”宦人叹口气，徐缓的脚步继续向前。等他走到山坡坡肩，两个女孩才爬回墙头。潘妣因流汗和吃吃笑而面色红粉，阿儿哈脸上却有残酷之色。

“这个笨老头，到处跟着我。”

“他不得不跟着你，”潘妣讲理道，“看顾你是他的工作。”

“看顾我的是那些我服侍的神，我取悦她们；其余人，我谁也不理睬。这些老女人和这些半男人，他们都应该不要管我，我可是‘第一女祭司’哪！”

潘妣端详面前这女孩。“噢，”她柔弱地说，“噢，我晓得你是第一女祭司，阿儿哈——”

“既然这样，他们应该放我自由，不要老是命令我！”

潘妣好一会儿没说话，只叹口气，摇晃着圆胖的双腿，凝望山下广袤的苍茫大地。那片大地和缓地向远方爬升，隐约形成一条绵长的斜坡地平线。

“很快你就能下达命令了，”潘妣终于平静地说，“再过两年，我们十四岁，就不再是小孩。到时候我会进神王庙，对我而言，一切照旧。但你到时候真的会成为第一女祭司，连柯琇与萨珥都得服从你。”

这位“被食者”没说什么。她面容沉静，黑眉底下的双眼反映着天色，闪耀着微光。

“我们该回去了。”潘如说。

“不要。”

“但纺织女师傅可能会向萨珥报告，况且马上就要进行‘九颂’了。”

“我要待在这里，你也留下。”

“她们不会处罚你，但会处罚我。”潘如依旧以一贯的温和说道。阿儿哈没回答，潘如叹口气，留了下来。太阳沉落到盘浮于平原上方的雾气中，远方那片缓升坡，隐约传来羊铃叮当及小羊咩咩叫声。阵阵春风干爽地轻吹，送来甜甜气味。

等两个女孩回到大屋，“九颂”已近尾声。梅贝丝早就看见她们两人坐在“男人墙”上，已向上司报告。她的上司就是柯琇，神王的高等女祭司。

柯琇铁青着脸，踩着重步。她把两个女孩叫过来，声音冷酷，面无表情。她带领两人穿过大屋的石造廊道，走出前门，爬上双子神殿的圆丘，在那里找到双子神殿的高等女祭司萨珥。她和这位高大、冷淡、瘦削得像鹿腿骨的女祭司说了些话。

柯琇对潘奻说：“脱下你的长袍。”

柯琇用一束芦苇茎做成的鞭子抽打潘奻，那种鞭子会稍微划破皮肤。潘奻吞着泪水忍受这顿鞭打。打完后，她被罚回纺织室工作，没有晚餐吃，就连第二天也不能用餐。“要是你再被发现爬上那道男人墙，”柯琇说，“处罚可就不会这么轻。懂吗，潘奻？”声音温和但不善。潘奻答：“懂。”说完赶紧开溜。由于沉重的黑袍摩擦到背上伤口，她一路瑟缩着行走。

阿儿哈一直站在萨珥身边旁观这顿鞭打。现在她看着柯琇将鞭子沾染的血污擦抹干净。

萨珥对她说：“和别的女孩在外面乱跑、爬墙，让别人看到，非常不合宜。你是阿儿哈。”

阿儿哈一脸不悦地站着，没有回答。

“你最好只做你需要做的事。你是阿儿哈。”

女孩抬眼注视萨珥的脸好一会儿，接着又凝望柯琇的脸，表情带有深刻的怨恨和愤怒，看起来很恐怖。但这个瘦削的女祭司不予理会，她身体稍微前倾，几乎是耳语地再度肯定说道：“你是阿儿哈，已经全部被食尽了，什么也没留下。”

“全部被食尽了。”女孩跟着复述一遍。六岁以来，她这辈子每一天都重复这句话。

萨珥略微点点头；柯琇一边把鞭子收好，一边也略微点点头。女孩没有颔首，但认命地转身离开。

在狭窄阴暗的膳房安静用完主菜为马铃薯与春季洋葱的晚餐，又把晚间圣诗唱诵完毕，再将圣语安放在各个门上，最后进行简短的“无言式”，一天工作便告终了。这时，女孩们就能回寝室玩骰子和细棒游戏，等到唯一一盏灯芯草烛火燃尽，她们就躺在床上讲悄悄话。阿儿哈却得独自穿越所在地的几处庭院和几个斜坡，走回她独自睡觉的小屋，每天都一样。

晚风宜人。春季星辰密密麻麻在天上闪烁，有如春季草地繁生的一整片小雏菊，也如四月海上的点点渔火。但这女孩没有草地或海洋的记忆。她没有仰头观星。

“呵，小人儿！”

“马南。”她淡漠招呼。

巨大的身影在她的身旁慢慢拖着脚步，没头发的脑袋瓜映着星光。

“你有没有被处罚？”

“我不能被处罚。”

“不能……对……”

“她们不能处罚我。她们不敢。”

他两只大手垂下来，站在夜色中成了阴暗的巨大身形。她闻到野生洋葱的味道，还有他身上那件旧黑袍散发的灯芯草气味与汗味。那件袍子已经绽边，穿在他身上也嫌太小。

“她们不能碰我，我是阿儿哈。”她尖锐凶猛地说完后，放声大哭起来。

那两只正等着的大手于是合拢起来，轻轻将女孩拥进怀里，抚摸她编成辫子的头发：“好了，好了，小宝贝，小乖乖……”她聆听沙哑的低语在他宽厚的胸膛中回振，双手用力抱紧了他。眼眶里的泪水虽然很快就止住，但她仍然抱着马南，好像自己站不住似的。

“可怜的小人儿。”他轻声说着，抱起这孩子走到她独睡的小屋门口，把她放下。

“现在好些了吗，小人儿？”

她点头，转身进入漆黑的房子。

第三章

囚犯

THE PRISONERS

柯琇的脚步声沿着小屋走廊传来，平稳而从容。她出现在阿儿哈的房门口时，高大厚重的身影刚好塞满门框，她单膝下跪欠腰敬礼，身影随之缩小，站直后又再度放大。

“女主人。”

“什么事，柯琇？”

“一直到今天，我被授权照料累世无名者疆域内的某些事务。这些事你以前都知道，但这一世还没有记忆。假如你愿意，现在是你认识、学习并开始负责照料这些事的时候了。”

女孩已经坐在自己那间没窗户的房间里好一阵子，看起来像在冥思，但她其实什么也没想，什么也没做。听完柯琇的话后，她那一向高傲的表情好一会儿才起了变化。尽管她极力隐藏，但神色确实与往常不同。她狡黠地问："去大迷宫？"

"我们不进大迷宫，但得穿越大墓穴。"

柯琇的声音带了点可说是惧怕的语调，或是假装惧怕，想要吓唬阿儿哈。但女孩缓缓起身，淡然道："很好。"其实她大喜过望。尾随神王女祭司的厚重身影前行时，她内心不断高呼：终于！终于！终于要见到我自己的疆域了！

她十五岁了，在一年多前便已举行成年礼，从此是个成人，同时开始拥有峨团陵墓第一女祭司的全部权力，成为卡耳格帝国所有高等女祭司中的至尊，甚至连神王本人也不得对她颐指气使。现今，大家都向她屈膝敬礼，连严厉的萨珥和柯琇也不例外。对她说话时，人人恭敬服从。但，事事一如既往，没有改变，也没新鲜事发生。她的"献身祝圣典礼"一举行完毕，日子又变得和往昔般寻常。有羊毛要纺，有黑布要织，有谷子要磨，有礼仪要进行；每天晚上必唱"九颂"，每道门都要祝祷，每年两次用羊血浇洒墓碑，在"空宝座"前跳"黑月之舞"。如此过了整整一年，跟之前每一年没有两样。是否这辈子每年都得这么过下去？

她内心的厌烦感有时强烈到近似恐怖，紧掐住她喉咙，感觉就快喘不过气。不久前，她终于烦到一股脑儿说了出来。她心想，再不说出来恐怕会疯了。她倾吐的对象是马南。自尊阻止她向别的女孩吐露，谨慎使她没向年长的女祭司表白。但马南无足轻重，只是个年高而忠诚的看护者，对他说什么都没关系。令她惊讶的是，马南给了她一个答案。

“小人儿，你晓得，”他说，“很久以前，在我们四岛结合成一个帝国以前，在神王统辖我们四岛以前，各岛屿都有很多小国王、小亲王、小首领等。这些人彼此常起争端，争端一起，就来峨团陵墓这里祈求和平。这些人中，有我们峨团岛的人，有卡瑞构岛的人，有珥尼尼岛的人，甚至有胡珥胡岛的人，大都是首领和亲王率领仆从和军队同来。他们会请教你该怎么办。你就会走到‘空宝座’前，把累世无名者的意见告诉他们。唔，那是很久以前的事了。之后过了一段时间，‘祭司王’开始统治整个卡瑞构岛，不久又将峨团岛纳入统治。最后，神王统治全部四岛，并将四岛合并成一个帝国，到今天已有四五代了。也因此，情况有了转变。现在神王可以自行镇压作乱的首领，也可以自行处理争端。你应该不难明白，既然是‘神’，他就不需要时常来征询累世无名者的意见了。”

阿儿哈就此不再想这件事。在这座沙漠之岛，在这一成不变的墓碑底下，“时间”是没有多少意义的，自创世以来，这里一直用相同的方式过日子。她不习惯思考变动不定的事，比如老方法消逝，新方式兴起；从那种角度看事情让她不舒服。“神王的力量远小于我服效的无名者的力量。”她皱着眉说。

“当然……当然……但是，小宝贝，没有人会向‘神’这么说。当然也不会对‘神’的女祭司这么说。”

迎视马南闪烁的土色小眼睛，她想到神王高等女祭司柯琇，当下明白了马南的意思。自她来这儿起，柯琇始终让她害怕。

“但神王与他的人民都忽略了敬拜陵墓这件事。没人来敬拜。”

“哦，他有送囚犯来这里当献祭品，这事他倒没马虎。该敬献给累世无名者的礼物，他也没忘记。”

“礼物！他的神庙年年重新粉刷，庙内祭坛上放着一英担的黄金，燃油灯用玫瑰精油！再瞧瞧宝座殿——屋顶破洞、圆顶龟裂，墙上到处是老鼠、猫头鹰、蝙蝠……但不管怎样，宝座殿会比神王和他的所有庙堂持久，也会比他之后的诸王持久。宝座殿在他们之前就有了，就算他们全消亡了，宝座殿仍将永远安在。

它是万事万物的中心。”

“它是万事万物的中心。”

“宝座殿内有财宝。萨珥有时会向我提起，说那些财宝多到可以装满十座神王庙。它们都是古代留传下来的黄金和战利品，至今恐怕有一百代了——谁晓得到底有多久。这些财宝全锁在地下洞穴和墓室中。她们不肯带我去看，让我一等再等。但我知道那是什么样子。宝座殿的地下、陵墓所在地全区的地下、我们现在所站立的地底下，有很多贮藏室。这地底下有个巨大的网状隧道，一座大迷宫。它隐藏在这山丘的地表下，有如一座庞大的黑暗之城，里面装满了黄金、古代英雄的长剑、旧王冠、骨骸、岁月和寂静。”

她滔滔不绝，仿佛进入恍惚和狂喜之境。马南注视着她。那张平板的脸孔不太有表情，但总带着迟钝谨慎的悲伤。这时，他的脸比平常更为悲凄。“没错，而且你是那些财宝的女主人，”他说，“包括寂静和黑暗。”

“我是女主人没错，但她们什么也不肯让我看，只准我瞧宝座后面那些地上的房间。她们甚至还没带我去看地下疆域的入口，只偶尔稍微提一下。她们把我和我的疆域分离！她们让我等了又等，为什么？”

“小人儿，你年纪还小，而且或许……”马南以沙哑的男高音说，“或许她们害怕。毕竟那不是她们的疆域，而是你的；进了那里面，她们会有危险。世上没有人不怕累世无名者。”

阿儿哈没说什么，但眼睛一亮。马南又一次指引她以一种全新的方式看待事情。对她而言，萨珥与柯琇一直都是严酷、冷淡、强大，她从没想过她们也会害怕。但马南说得对，她们害怕那些地方，害怕那些力量，而阿儿哈是那力量的化身，也是它们的一员。她们害怕走进那些黑暗的所在，她们担心被食尽。

现在，她和柯琇一同步下小屋台阶，爬上通往宝座殿的蜿蜒陡径，就在途中，她回想起自己与马南的对话，不禁再度狂喜。不管她们带她去哪里，不管让她看什么，她都不害怕。她晓得自己的路。

在小径上，走在她身后不远的柯琇说了话：“我的女主人知道，她的责任之一是献祭某类囚犯，就是那种身世高贵的罪犯。他们由于亵渎神圣或背叛，犯了违逆神王的罪行。”

“或是违逆了累世无名者。”阿儿哈说。

“一点也不错。然而，被食者如果还年幼，让她承担这种责任并不适合。但现在，我的女主人不再是小孩了。囚链室里有一批囚犯，是一个月前我们的神王大人从他的城阿瓦巴斯送来的。”

“我竟然不晓得有一批囚犯已经送到。为什么我不知道？”

“根据陵墓古仪规定，囚犯必须趁暗夜秘密送来。现在请女主人改走沿墙小径，那是我的女主人必须遵循的秘道。”

阿儿哈转身离开原来的坡路，改为沿着圆顶宝殿后面那座围出墓碑范界的大石墙前行。这石墙由巨大岩块砌成，最小的体积也超过一名成年男子，而最大的岩石则有四轮马车那么大。虽然未经切削，但紧邻的岩块彼此贴合，衔接得很好。不过，有几处地方，围墙陡然变低，只见岩石不成形地堆放着。那是经历漫长时间而形成的，是沙漠炽热的白天与寒冻的夜晚交替千百年后，再加上山峦本身细微的移动所致。

“要翻越这道墓碑围墙是很容易的。”阿儿哈沿着墙底下走时说道。

“我们没有足够的男人可以来修复它。”柯琇回答。

“但我们有足够的男人来守卫。”

“只有奴隶。他们不可靠。”

“让他们害怕就会可靠。如果守卫不周，让陌生人踏上围墙内的神圣土地，就判他们与涉足的陌生人相同的刑罚。”

“是什么刑罚？”柯琇明知故问。很久以前她已告诉阿儿哈答案了。

“在宝座前斩首。”

“派人看守墓碑围墙是我的女主人的意思吗？”

“是。”女孩回答。黑袍长袖内，她的手指因得意而紧握。她明知柯琇无意分派一名奴隶来看守围墙，执行这种徒劳的任务，毕竟，会有什么陌生人到这里来？无论是无心还是刻意，任何人都不可能漫步进入陵墓所在地周围一英里内的任何地点而不被瞧见；因此，来者肯定也走不到陵墓附近。但是派一名奴隶来此看守，是这堵围墙应得的荣耀，柯琇无从反对，她必须服从阿儿哈。

“到了。”柯琇淡漠的声音说道。

阿儿哈止步。过去，她常在墓碑围墙附近走动，所以她清楚这一带，一如她清楚所在地的每英尺土地、每块岩石、每株荆棘和蓟草。现在，她左手边这道大石墙昂然矗立，是她身高的三倍；右手边，山峦层层缓降成为一个不毛的低浅山谷，随即又向西边群山的山麓爬升。她环顾附近地面，没看到她不曾见过的事物。

“在那几块红色岩石底下，女主人。”

斜坡几码远的地面露出一处红色熔岩，熔岩形成一个台阶，或者说形成这山丘的一个小崖壁。阿儿哈往下走向熔岩，站在岩石之前一块平地上，面朝岩石。她这才意识到，这些四英尺高的红熔岩看起来像个粗糙的出入口。

“该做什么呢？”

她很久以前就晓得，像这种神圣地方，除非知道怎么开门，否则再怎么尝试都是徒劳。

“我的女主人保管所有开启黑暗处所的钥匙。”

行过成年礼后，她的腰带上开始配挂一只铁环，铁环串连一把小匕首和十三把钥匙，有的钥匙长而重，有的轻小如鱼钩。她拎起铁环，把钥匙铺展开来。“那一把。”柯琇指了指钥匙，然后伸出肥厚的食指，放在两块有凹痕红熔岩之间的一道表面裂缝上。

那把长柄钥匙是铁制的，有两个装饰片。将它伸入裂缝中，感觉僵涩难动，阿儿哈用两手合力向左扭转，总算顺畅转开。

“再来呢？”

“一起用力——”

她们朝钥匙孔左边齐力推动粗糙的岩面，红岩石的一部分不规则石块朝内移动，这岩石虽沉重，移动时却颇为顺畅，没有发出太大的噪音。紧接着一条窄缝出现了，窄缝内漆黑一片。

阿儿哈弯腰入内。

柯琇是大块头女子，加上穿了厚重黑袍，得用力挤才能穿过那道窄小入口。她一进到里边，马上背抵石门，很吃力地将它关上。

里面全然黑暗，没半丝光线。那团黑暗制造出一股压迫感，湿气扑面而来，让人睁不开眼。

她们弓着身子，近乎半折，因为这时所站的地方高不及四英尺，而且窄小到阿儿哈用双手一摸索，就立刻能碰到左右两边的潮湿岩石。

“你带烛火了吗？”她小声说着，像一般人在黑暗中自动压低声音说话那样。

“没有。”在她身后的柯琇回答。柯琇也压低声量，但话里带了种奇异的语调，听起来好像是在微笑——柯琇从不微笑。阿儿哈心跳加速，血脉在她喉咙怦然跳动，内心凶暴地对自己说：这是我的地方，我属于这里，我不害怕！

但她什么话都没有说出口，只是开步向前。路只有一条，朝下通往山丘内部。

柯琇尾随在后，大口喘着气，外袍擦拂着岩石和地面。

突然，屋顶变高了，阿儿哈能够站直身子，往两旁大张双手也没摸到墙壁。原本闷滞带土味的空气，现在则感觉阴凉潮湿，空气微微流动着，带来些许空旷感。阿儿哈小心地在全然黑暗中向前走了几步。一颗小石子在她草鞋底下滑触另一颗小石子，这细微的声响引起了回音。从回音繁多、微细且遥远的情形判断，这洞穴想必深广宽高，尽管如此，却不是空的。黑暗中一些看不见的物体或分隔物的表面，使一个回音碎为千百个细小回声。

“这里一定就是墓碑正下方。”女孩小声说。她轻微的说话声在空荡的黑暗中散开，立刻绽裂成宛如蛛网般精细的声音线，久久不散。

“没错，这里是大墓穴。继续走，我不能停留在这里，沿着左墙前进，要经过三道开口。”柯琇小声咕哝，细微的回音也随之咕哝。她在害怕，确实害怕。她不喜欢站在这么多无名者中间，站在她们的坟墓、她们的洞穴，在这无边的黑暗中。这不是她的地方，她不属于这里。

“我应该带支火炬来。”阿儿哈说着，继续借由手指碰触洞壁导引前进。她惊叹岩石的奇形怪状，有凹陷，有突起，还有精致的曲线和边缘，一会儿像蕾丝般粗糙，一会儿又像黄铜般滑顺。这肯定是雕刻，也许，这整个洞穴是古代雕刻师傅的作品。

“这里禁止燃灯点火。”柯琇轻声低语，但口气严厉。阿儿哈刚才虽然那样说，心里其实早知道这里必定禁光。这是黑暗的本家，夜晚的最中心。

她的手指在层层黑暗中拂过这岩洞的三道开口。第四次时，她特别摸摸开口的高度和宽度，才走了进去，柯琇紧随在后。

这条地道再次缓缓上升，她们略过左手边一道开口，接着改走右手边一条支道。这儿是黑漆漆的地下，有的只是地底深层的寂静，她们一切靠触觉摸索。走在这种通道中，必须不停伸手触摸两侧，否则难免会错过某道必须计算在内的开口，或忽略掉途中岔路。在这里，触觉是唯一的指引；双眼看不见路径，路径握在两手中。

“这里是大迷宫吗？”

“不是。这是比较小的隧道网络，就在宝座正下方。”

“大迷宫的入口在哪里？”

阿儿哈喜欢这种黑暗中的游戏，她希望有更大的谜团来考考自己。

“在我们刚才走过的墓穴第二道开口。现在摸摸看右手边有没有一扇门，一扇木门，说不定我们错过了——”

阿儿哈听见柯琇两只手擦过粗糙的岩石，在墙上急急探触。她自己则继续用指尖轻轻贴着岩石，一下子就感觉到下方有滑顺的木质面。她一推，木门吱嘎一声轻松开了。她站在光线中，一时看不见东西。

她们走进一间低矮的大房间，墙壁由粗凿的石块铺成，房内照明是挂在一条链子上的火炬。由于没有排烟口，整个房间的空气很混浊，充斥着火炬烟雾。阿儿哈的眼睛受到刺激，溢满泪水。

“囚犯在哪儿？”

“那边。”

她好不容易才看出来，房间远处那三堆东西是三个人。

“这木门没锁，有守卫吗？”

“不需要守卫。”

她犹疑地走进去一点点，眯起眼睛透过浓密的烟雾探视。每名囚犯的两个足踝都有铁链铐着，一只手腕铐在岩石钉着的大环内。要是想躺下，铐住的那只手臂得悬举着。囚犯发须纠结，加上昏暗阴影，他们的容貌完全看不清楚。这三名囚犯赤身露体，一个半躺，两个或坐或蹲，身上散发出来的臭味比浓烟更刺鼻。

其中有个人似乎在注视阿儿哈。阿儿哈感觉好像看到那双眼睛的亮光，但不很确定。另外两个囚犯没有移动，连头也没抬。

她转身。“他们已经不是人了。”她说。

“他们从来都不是人。他们是恶魔、兽灵，居然敢图谋不轨，想取神王神圣的性命！”柯琇的双眼晶亮，与红澄澄的火炬相辉映。

阿儿哈再看一眼囚犯。她带着敬畏与好奇问道：“凡人怎么可能攻击神？怎么办到的？你，你怎么敢攻击一个活神？”

那男人隔着丛丛黑发盯着她瞧，但丝毫没应声。

“从阿瓦巴斯送来以前，他们的舌头就被割掉了。”柯琇说，“女主人，别跟他们说话，他们是脏东西。他们是你的，但不要对他们说话，不要注视他们，也别去想他们。他们是送来让你奉献给累世无名者的祭品。”

“要怎么献祭他们？”

阿儿哈不再看那三名囚犯，改而面向柯琇，好从柯琇巨大的身躯和冷淡的声音中吸取力量。她觉得头昏，烟味和污臭让她很不舒服，但似乎还能镇静思考和说话。献祭的事，她以前不是做过无数回了吗？

“护陵女祭司最清楚什么方式的死亡最能取悦她的主母。方法很多，选择权在她。”

“让卫队长高巴砍了他们的头，鲜血洒在宝座前。”

“如同献祭山羊一样？”柯琇好像在嘲弄阿儿哈缺乏想象力。阿儿哈哑口无言。柯琇继续说：“还有，高巴是男人，男人不准进入陵墓内黑暗所在，相信女主人还记得这一点吧？男人要是进来，就出不去了……”

“是谁带这三名囚犯进来这里的？谁喂他们？”

“在我的神庙效劳的两名管理员，杜比和乌托，他们都是宦人，只要是替累世无名者办事，就可以进来这里，就像我一样。神王的士兵把囚犯绑在围墙外，由我和两名管理员带他们从‘囚犯门’进来，也就是隐藏在红熔岩中的那扇门。向来都是这么办理的。食物和饮水则从宝座后面一个房间的活板门垂降下来。”

阿儿哈抬头看。在悬挂火炬的那条链子旁，石砌天花板上嵌着一块方形木板。那条开口非常小，男人不可能从那里爬出去，但如果从上面降下绳子，三名囚犯中间的那一人只要伸手就可抓到。她再次猛然甩开头。

“不要再让管理员送食物和饮水来了，也不要再燃火炬。”

柯琇鞠躬领示：“他们死了以后，尸身如何处理？”

“让杜比和乌托把他们埋在我们刚才走过的那个大洞，也就是陵墓墓穴。”女孩说话的速度逐渐加快，音调也升高，“一切务必在黑暗中进行。我的主母会食尽他们的尸身。”

“谨遵嘱咐。”

“这样安排可好，柯琇？”

“这样安排很好，女主人。”

“那我们走吧。”阿儿哈用尖锐的声音说完，就转身快步走向木门，急忙步出这间囚链室，进入黑暗隧道。这片死寂的黑暗完全看不透，毫无一丝光，宛如没有星光的夜晚那般宁静宜人。她一投入这片洁净的黑暗，马上疾步前进，有如泳者纵身入水向前游。柯琇加快速度跟随，喘着气拖着步伐，愈来愈落后。阿儿哈一点也没有迟疑，按照来时路，该略过的略过，该转弯的转弯，她绕行空荡而有回音的墓穴，匍匐爬过最后的长隧道，直达闭锁的岩石门。她弯身探触腰间铁环上的长钥匙，钥匙找到了，却遍寻不着钥匙孔。她面前这堵看不见的墙没有半点细孔露出光线。她的手指遍摸石墙，想找出钥匙孔、门闩或门把，但什么也没找着。到底钥匙该插哪儿？她要怎么出去？

“女主人！”

柯琇气喘吁吁的叫唤声被回音放大，在阿儿哈的背后远处轰隆响起。

“女主人，那扇门没法从里面开启，那儿没有出路，没有回头路。”

阿儿哈背贴岩石，沉默无语。

“阿儿哈！”

“我在这儿。”

“过来！”

她双手双膝伏地，如小狗般顺着通道爬到柯琇的裙摆边。

“向右转，快！我不能在这里多逗留，这不是我的地方。随我来。”

阿儿哈站起来，抓着柯琇的长袍。两人向前行，依循大洞穴右手边那片有奇特雕刻的石墙走了很长一段，接着在黑暗中进入一条依然漆黑的隧道。她们沿着隧道拾级而上，女孩仍然紧抓柯琇的袍子，双眼紧闭。

有光了，她从眼缝中隐隐约约瞧见红光。她以为又回到了那间有火炬照明、满是烟味的囚链室，也就没有立刻张开眼睛。但这里的空气闻起来甜且干燥，带点霉味，这气味颇为熟悉，而脚下踩着的台阶陡得像竖梯。她放开柯琇的袍子，睁开眼，看见头顶上有一扇打开的活板门。她跟在柯琇的后面爬过那道门，进入她熟知的一间房——一间摆了两只柜子和一些铁盒的小石室，它是宝座后面许多房间当中的一间。天光投射在门外走廊上，微弱灰暗。

“那扇‘囚犯门’只向地道开启，不能向外开。这里是唯一的出口。要是还有别的出入口，就非我所知了，萨珥同样不知道。倘若真有别的通道，你必须自己回想，但我认为没有。”柯琇仍然低声说话，语气不怀好意。黑色帽兜里的胖脸颇为苍白，又因出汗而显得湿答答。

“我不记得到这出口要转几个弯。”

“我告诉你，只有一个转弯。你一定要记住，下回我不陪你进去了。那不是我的地方，你得独自进去。”

女孩点头。她注视这个上了年纪的女人，觉得她的面貌看起来好奇怪。虽因一股好不容易才控制住的恐惧而显得苍白，仍流露出胜利的骄色，仿佛是对阿儿哈的软弱感到幸灾乐祸。

“下次我要自己去。”阿儿哈说完，努力想转身离开柯琇，但只觉双腿一软，房间上下颠倒。她昏倒在女祭司脚边，瘫成了黑黑的一小团。

“你会记住的，”柯琇说，她仍大口喘着气，一动不动地站着，“你会记住的。”

第四章

梦与故事

DREAMS AND TALES

阿儿哈连续数日身体不适。大家当是热病处理，要么让她卧床，要么让她坐在小屋门廊上，在和煦的秋阳下仰望西山。她觉得虚弱迟钝，同一个想法一而再，再而三向她袭来。她为自己昏倒而觉得丢脸。柯琇没有派人去看守墓碑围墙，但如今这情况，她可能再也不敢主动开口多问。她一点也不想看见柯琇，甚至永远也不想再见到她。自己居然昏倒，实在丢脸。

她坐在阳光下，盘算着下次进入山丘底下的黑暗天地时，要如何如何表现。她也想过好几次，下一批囚犯送来时，她该如何下令处死他们——方法得更精巧，得更适合空宝座的诸多礼仪。

每晚，她在黑暗中尖叫惊醒："他们还没死！他们还垂垂待毙！"

她做了好多梦。梦里，她得动手煮食一大锅又一大锅香喷喷的麦粥，煮好后全倒进一个地洞。她还梦见自己手捧着用深口铜碗装盛的一大碗水，行经黑暗送去给一个口渴的人喝，却怎么也没法走到那人面前。她醒来时，发觉自己口渴极了，但她没起身倒水喝。她两眼圆睁，清醒地躺在没有窗户的房间里。

一天早晨，潘姒来看她。阿儿哈从门廊上看见她走近小屋，脸上挂着一副悠然自在、无所事事的表情，好像只是刚好散步经过。说不定阿儿哈不先开口，她也不会步上台阶。但阿儿哈感觉孤单，所以开口唤她。

潘姒依照所有靠近护陵女祭司的人必做的那样，屈身为礼。但才行完礼，她就发出“呼”的一声，“扑通”坐在阿儿哈下方的台阶上。这几年，她长得相当高大圆胖，不管做什么事，一动就满脸通红，现在她就因步行过来而一脸绯色。

“我听说你生病了，替你省下几颗苹果。”她从宽松黑袍下变出一个灯芯草编的网子，里面有七八颗黄透的苹果。潘姒现在已经献身服侍神王，在神王庙的柯琇手下做事；但她还不是女祭司，仍和其余见习生一同上课、做工。“今年轮到帕菩和我挑拣苹果，我把最好的留下来。她们常常把真正好的拿去晒干，当然那样贮存最好，但我觉得实在浪费。你看，这几颗苹果漂不漂亮？”

那些苹果有淡金黄的光滑表皮，蒂头细枝仍精巧地附着棕色干叶片，阿儿哈摸着，看着，说：“真是漂亮。”

“吃一颗。”潘姒说。

“我现在不吃。你吃吧。”

基于礼貌，潘姒挑了颗最小的，她马上很有技巧又颇具兴味地啃了起来。这苹果咬来水滋滋的，大约十口，潘姒就啃完了。

“我可以整天吃个不停，”她说，“我从来没饱过。真希望我是厨子而不是女祭司。我如果当厨子，一定会比那个老吝啬鬼娜莎芭煮得好。还有嘛，我一定会把锅子舔干净……噢，你有没有听说慕妮丝的事？她被分派擦亮那些装玫瑰油的铜壶，你晓得，就是那种有盖子的细壶。她以为也要清拭里面，就手拿一块布伸进壶口，结果呢，那只手抽不出来了。她拼命用力抽，手和手腕都肿了。你晓得，这样一来可真卡住了。她在宿舍到处跑，边跑边大叫：‘我的手抽不出来！我的手抽不出来！’你知道，庞提的耳朵现在已经不行了，他以为是失火，赶紧把别的管理员一个个叫出来，想要解救所有见习生。那时乌托正在挤羊奶，他立刻从羊舍跑出来看看究竟出了什么大事，情急下没关羊舍门，结果乳羊全跑了出来，涌进庭院，跟庞提、好几个管理员和一大群小女孩撞成一团。而慕妮丝挥舞手臂一端的铜壶，渐渐歇斯底里起来。正当大伙儿乱成一团时，柯琇从神庙走下来，口中不停问：'这是怎么回事？这是怎么回事？'"

潘如那张长得还不错的圆脸，这时装出一股让人厌恶的嘲笑意味，虽然完全不像柯琇的冷漠表情，但某部分颇为神似，阿儿哈喷笑之余，几乎外带一份畏惧。

"'这是怎么回事？这到底是怎么回事？'柯琇说着。然后——然后，那只棕色山羊用角抵她——"潘如笑得不行，泪水在眼里滚涌，"慕妮丝拿——铜壶——打那只——羊——"

两个女孩抱着膝盖，一边呛咳，一边笑得前翻后仰。

"接着，柯琇转身，对——对——那山羊说：'这是怎么回事？这是怎么回事？'……"故事结局融在笑声中不见了。最后，潘如抹抹眼睛和鼻子，不经心地拿起第二颗苹果啃起来。

笑得太厉害，阿儿哈觉得有点发抖。她勉强恢复镇静，过一会儿问道："潘如，当年你是怎么来这里的？"

"噢，我是我父母第六个女儿，要把这么多女儿养到嫁掉，他们实在负担不起。我七岁那年，他们带我去神王庙献身服侍，那是在瓯沙华的神王庙，不是所在地这里。但他们不久后把我送来这里，我猜可能是那里的见习女祭司太多了，或者他们以为我会成为一个特别优秀的女祭司吧。但他们可大大看错了！”潘姒又开朗又悲伤地咬着苹果。

“你宁可不要当女祭司吗？”

“我吗？当然喽！我宁愿嫁个养猪汉，宁愿住在水沟里，宁愿做任何事都好，也不要一辈子在一片人烟罕至的荒寂沙漠，和一大群女人一同葬送一生！但是这么想一点实际用处也没有，我已经献身服侍，根本无法脱身了。我只希望下辈子能在阿瓦巴斯当跳舞女郎！我这辈子这么努力，应该可以获得那种报酬。”

阿儿哈目不转睛地低头凝望潘姒。她不明白。潘姒这会儿就像颗金黄苹果，圆润多汁，漂亮好看，阿儿哈觉得自己从没见过她、没好好看过她似的。

“对你而言，神王庙没有意义吗？”阿儿哈的语气带了点逼问的味道。

潘姒的个性一向顺服，容易受人欺负，这一回同样没什么警觉。“噢，我知道你的那些主母对你很重要。”她语气之淡然，让阿儿哈大吃一惊，“但无论如何，这一点讲得通，毕竟你是她们特别的仆人。你不只是献身而已，你的降世出生也特别。但我呢，我该那么敬畏当今神王或如何如何吗？就算他住在阿瓦巴斯那座方圆十英里的金顶王宫，也毕竟只是个凡人，五十来岁，还秃了头——你可以从所有雕像看出来他秃头。我敢跟你打赌，他和别人一样也得剪脚趾甲。我当然很清楚他也是神，但我的想法是，他死了以后会比现在活着更像神。”

阿儿哈同意潘妩的看法，私底下她也觉得卡耳格帝国这些自封的神圣帝王其实是虚贵，是假神，却仍然向帝国百姓窃取崇拜，那种崇拜理应只奉献给真正且永恒的力量。但潘妩的话语背后仍有她不同意且害怕的部分，那对阿儿哈而言是全然崭新的概念。过去她不了解人与人多么不同，大家对生命的看法何等悬殊。此刻她觉得好像一抬头突然看见窗外悬挂了颗全新的行星，一颗巨大而人口众多的行星，那是个她全然陌生的世界，神在那里一点分量也没有。潘妩这种不信神的坚定信念，让她感到惊吓。由于惊吓，她猛烈反击。

“你说得对。我的主母很久很久以前就死了，而且她们之中没有男人……潘妩，你知道吗，我可以下令叫你去陵墓服侍。”

她愉快说着，仿佛向她的朋友提供一个更好的选择。

潘姒脸颊上的绯色顿时消失。

“是的，”她说，“你可以下令，但我不……我不是擅长那项工作的人。”

“为什么？”

“我怕黑。”潘姒低声说。

阿儿哈轻哼一声以示嘲笑，但她很满意，她获得证实。潘姒或许不信神，但她与每个凡人无异，终究畏惧黑暗那份无以名之的力量。

“你是知道的，除非你想去，否则我不会下达那种命令。”阿儿哈说。

两人间有一长段沉默。

“你越来越像萨珥，”潘姒梦幻般轻声说着，“谢天谢地你没有变得像柯琇！但你非常坚强。真希望我也那么坚强，但我只是想吃……”

“继续吃呀。”阿儿哈说道，感觉优越又有趣。潘姒慢慢把第三颗苹果咬到见籽。

接踵而来的仪礼需求，将阿儿哈从两天的隐居生活中带出来。一只母山羊生了对双胞胎小羊，由于时令不对，这对小羊按惯例要献祭给双子神。这是重要的仪典，第一女祭司必须在场。接着是“黑月之舞”，这种典礼必须在宝座殿进行，先在宝座前一个宽平的青铜盘中烧滚药草，阿儿哈吸入蒸气后，开始为不可见的亡者和未生者的精灵跳舞。她舞蹈时，那些精灵在她四周的空中聚集，并随着她双脚双臂的缓慢姿态旋转。舞蹈同时她也唱歌，但没人了解歌词，那是很久以前跟随萨珥一个音节一个音节死记硬学的。双排巨柱后的暗处，有合唱女祭司跟着哼唱那些奇怪字词。残破殿堂内的空气也与这些人同声唱诵，有如殿内拥挤的精灵一次又一次跟着重复唱诵。

阿瓦巴斯的神王没再送囚犯到陵墓所在地，阿儿哈也渐渐不再梦见那三名囚犯。他们早已死亡，且已埋进低浅的坟冢，就在墓碑底下那个大墓穴内。

她鼓足勇气重回大墓穴。她必须回去。陵墓女祭司必须能无畏地进入她的个人领域，去认识领域内的各个路径。

头一回进入活板门颇辛苦，但没她担心的那么难。她把自己锻炼得很好，培养了相当的决心之后，就壮胆单独前往了。可是一进到里面，发现没有什么好害怕时，她几乎有点沮丧。那里面或许有许多坟墓，可是她看不见。里面什么也看不见，漆黑一片，死寂一片。就是这样。

一天又一天，她不断进去那里面，但每次总是从宝座殿后面那个房间的活板门进出，一直到她摸熟洞穴中那些有奇怪雕刻的石墙，继而熟透洞穴的整个回路，达到“知所未见”的境地。然而，她从不远离那些石墙，因为若在那空荡荡的大洞穴中乱闯，可能很快就会在黑暗中失去方向感，届时就算摸索回到墙边，也不会晓得自己在哪里。她第一次进去就学到，在那种黑天黑地的所在，顶要紧的是摸清楚已经过了几处转弯和开口，以及接下去还有什么方向的转弯和开口。这得靠数数才行，因为对摸索的手而言，每个转弯和开口都一样。阿儿哈的记忆力一向被训练得很好，这种借由触摸和计数而非借由目视与常识来找路的怪诞招式，一点也难不倒她。她很快就记熟墓穴里开凿的所有通道，也就是宝座殿与山丘顶底下那个比较小的隧道网络。但其中有一条通道她还不曾进去，也就是从红岩门入口进去的左边第二条。她知道，一旦误入那条通道，可能就永远找不到出来的路。虽然想进去那条通道、想认识大迷宫的渴望持续增强，但她压抑着，必须等到自己先在地面上充分认识它之后，才好进去。

萨珥对大迷宫所知不多，只晓得其中几个房间的名称，以及到那些房间所该走或该略过的一些方向和转弯。她仅以口头把这些信息告诉阿儿哈，从不曾在沙地上画清楚，甚至连用手在空中比画都不曾。萨珥本人从没按照那些指引走过一遍，也不曾进入大迷宫。但当阿儿哈问她“从那扇常开的铁门要去彩绘室，该走哪条通路？”或“从骸骨室到河边隧道的通路是怎么连接的？”等问题时，萨珥会先沉默片刻，接着才背诵很久以前从前世阿儿哈那里得知的奇怪指引：略过许多岔路，左转好几回，等等等等。这些，阿儿哈只要听过一遍，就像萨珥一样牢记在心。每晚躺在床上时，她会一边对自己重述一遍，一边努力想象那些地方、那些房间、那些转弯。

萨珥带阿儿哈去看侦窥孔。侦窥孔开向隧道网，数量很多。所在地每栋建筑、每座神庙，甚至户外岩石上都有侦窥孔。这整个地区，甚至所在地围墙外的地底黑暗中，潜伏着蛛网般的石壁隧道，总长数英里。但这里的人，只有她、两位高等女祭司，还有她们三位的专属仆人——宦人马南、乌托、杜比，知道他们踩踏的每一步路底下有个隧道网存在。其余人都只透过模模糊糊的传闻，晓得陵墓墓碑底下有洞穴或房间一类的东西；但他们没有人对任何与累世无名者或其圣域有关的事感兴趣。或许他们认为知道得愈少愈好。当然，阿儿哈的好奇心最强烈，一知道有侦窥孔开向大迷宫，她便想找到那些侦窥孔。然而，那些侦窥孔隐藏得非常好，可能在地板铺石中，也可能在沙漠地表，她始终一个也没找着——她甚至没发现她自己的小屋就有一个侦窥孔，还是萨珥指给她看以后，她才知道的。

早春有一晚，她取了一盏蜡烛灯笼，没点亮，带着穿越陵墓墓穴，走到红岩门那条通道的左边第二条通道。

她摸黑往下走了约摸三十步，遇到一道开口，她用手去感触嵌在岩石中的铁质门框。到目前为止，这是她探险的极限。她穿过那扇铁门，沿隧道走了很长一段路，感觉通道渐渐向右弯后，才点亮蜡烛观看四周。这里准许点灯，因为她已经不在墓穴了。这地方比较不那么神圣，但或许更为吓人——这里是大迷宫。

烛火照亮的小圆内，四周所见尽是粗糙毫无修饰的岩石墙壁、岩石拱顶、岩石地板。空气沉滞不动，不论前方和后方，只见隧道延伸入黑暗。

穿越再穿越，所有隧道长得都一样。她一直小心计算转弯数和通道数，还一边默背萨珥的指示，虽然她已熟得不得了。毕竟在大迷宫里，一迷路就不可收拾。如果是在大墓穴和它周围的短通道内迷路，柯琇或萨珥还可能找到她，不然，马南也会试着找她，她之前带他去过几次。而这里，除了她，她们没人来过。纵使她们走到墓穴大叫也没什么用，因为她是迷失在墓穴半英里开外错综缠绕的隧道内。她想象听见了她们呼唤自己名字的回音，以及自己如何尝试去找她们的情况——那回音响遍每条信道，她追寻着，却反倒更陷入迷阵。由于想象得太生动逼真，她竟以为听见远处有人呼唤她的名字，不由得停下脚步。结果什么声音也没有。其实，她这么小心，是不至于迷路的，何况这又是她的地盘、她个人的领域。黑暗力量及累世无名者会引导她的脚步，如同她们会把其余胆敢闯入陵墓大迷宫的凡人诱入错误方向一样。

这第一次探险，她虽然没有探究迷宫，但也够深入了。一股全然孤独与独立的确定感，一种奇异、苦涩但快乐的感觉在内心增强，牵引她一次又一次回去，一次比一次走得深入。她去了彩绘室和六岔道，然后循着很长的外圈地道前进，再穿过错综复杂的古怪通道，到达骸骨室。

“大迷宫是什么时候建造的？”她问萨珥。这位严厉瘦削的女祭司回答："女主人，我不知道。没人晓得。"

"为什么建造大迷宫？"

"为了收藏陵墓宝物，也为了处罚那些想偷窃宝物的人。"

"我见过的宝物大都藏在宝座殿后面那些房间内，有些藏在宝座殿的地下室。大迷宫里面会有些什么东西呢？"

"一件更伟大、更古老的宝物。你想看看吗？"

"想。"

"除了你以外，没有人可以进入陵墓的大宝藏室。你可以带你的几名仆人进入大迷宫，但不可以进入大宝藏室。就连马南也一样，他一旦进去，黑暗之怒就会醒来，马南就不能活着离开大迷宫了。你永远要单独进入大宝藏室。我晓得大宝藏室在哪里，十五年前你临终时曾告诉我路径，好让我在你重新转世后转告你。我能告诉你在大迷宫里该走什么路，它比彩绘室还深入；至于这大宝藏室的钥匙，是你腰间铁环所挂的银色那一把，柄上有个龙形。但你必须自己去。"

"告诉我通路。"

萨珥告诉她通路，她记住了，一如她记住萨珥告诉她的所有事情。但她没有去看陵墓的大宝藏室。她隐约觉得自己的意志和知识还不够完全，所以没有去。也可能是因为她想保留些可期待的事物，这些穿越黑暗的无尽隧道每每止于素朴石墙或蒙尘斗室，保留些神秘感，能大大地增添吸引力。

毕竟，以前她不就看过了吗？

每次听萨珥和柯琇谈起她死前见过或说过的事物，她始终觉得古怪。她晓得她确实去世过，然后在旧身体死亡的那一刻转世到新身体，而且不仅是十五年前那一回而已，五十年前，以及更早之前、再早之前，回溯几百年，一代复一代，回溯到岁月的原初起点，那时大迷宫才开凿、墓碑方竖立、首位第一女祭司住在这儿，并在空宝座前舞蹈。她们是一体的，包括所有前世的她和这一世的她。她是第一女祭司，所有凡人都一直转世，但只有她阿儿哈永远以原本的自己重生。她已经复习过大迷宫的通路与转弯数百回，并在最后来到这间隐密的暗室。

有时候，她自以为她记得。她熟透了山丘地底下的黑暗之地，仿佛那不仅是她的领域而是她的家。每次吸进药草蒸气跳起黑月之舞时，她会感觉轻飘飘的，身体渐渐不再是她的身体。她舞着，穿越了时空，但无论哪一世，她永远黑袍光脚，她知道那舞蹈永无休止。

但是每次萨珥说“你死前曾告诉我……”，听起来总是怪。

阿儿哈有一次问：“来盗墓的那些人是谁？有人曾来盗墓吗？”想到强盗，她有一丝兴奋，但这不太像真实会发生的事。那些强盗是如何秘密潜入所在地的呢？这里一向少有朝圣者来访，甚至比囚犯更少。偶尔有见习生或奴隶由四岛上规模较小的神庙送来，或是某个小团体专程来向某座神庙献祭黄金或罕见炉香。除此之外就没有了。没人意外前来，没人来做买卖、观光、偷窃。只有身负指示的人才会来所在地。阿儿哈甚至不清楚所在地距离最近的城镇有多远，也许二十英里或更远，而这最近的城镇不过是个小镇。守护及防卫所在地的是空旷与孤绝。她想，任何人想横越环绕这区域的沙漠而不被看见，概率小如忽视雪地上的黑羊。

这阵子，只要不在小屋或没有独自进入山丘下，她多半与萨珥和柯琇在一起。四月里一个暴风雨吹袭的寒冷夜晚，她与萨珥、柯琇待在神王庙后柯琇的房间里，三人围坐在壁炉旁，炉内燃着灯芯草，火光微弱。门外大厅内，马南和杜比正用细棒和筹码玩游戏，往上丢掷一把细棒，然后尽可能用手背接住细棒，看看接了多少根。直到现在，马南和阿儿哈有时仍偷偷在小屋内院玩这种游戏。细棒掉落的声音、输赢的叫叹声、炉火轻轻的噼啪声，是三位女祭司陷入沉默时屋内仅余的声响。墙外四面八方触及的唯有沙漠夜晚的沉寂，间或传来稀疏但强烈的阵雨哗啦声。

“很久以前，很多人来盗墓；但从没有人成功。”萨珥说。虽然她一向沉默寡言，但偶尔喜欢讲讲故事，也常借用说故事的方式教导阿儿哈。她这一晚的神色，俨然故事马上会从她口里蹦出来。

“怎么有人那么大胆？”

“他们就是有胆子，”柯琇说，“因为他们是术士，内环王国的巫师之辈。不过，那是神王统治卡耳格四岛以前的事。那时我们不够强大，巫师常由西边航行到卡瑞构岛和峨团岛抢劫沿岸城镇、掠夺农家，甚至进入圣城阿瓦巴斯。他们说是来屠龙，其实是来盗劫城镇和神庙。”

“他们当中最出色的英雄会来找我们试剑，”萨珥说，“并施展不敬的法术。但他们当中最出色的一位术士与龙主却在这里遭难。那是很久很久以前的事，但一直到今天，大家都还记得那个故事，而且不只这里的人记得而已。那个力量强大的术士名叫厄瑞亚拜，他在西方岛屿既是君王，又是巫师。他来到卡耳格，在阿瓦巴斯与几个叛乱领主结盟，还为了阿瓦巴斯的法规，与中央双子神殿的高等祭司争斗起来。他们打了很久，那是一场凡人法术对抗诸神雷电的战斗，连神庙也被毁了。最后，高等祭司打断术士的巫杖，还把他的力量护符碎为两半，总算打败了他。厄瑞亚拜溃败后，连忙逃离阿瓦巴斯，他远离卡耳格四岛，横越地海，一直逃到极西地区，最后因为力量散失殆尽而惨遭一头龙杀害。自从那天起，内环王国的力量和势力渐渐衰退。那名高等祭司名叫殷特辛，他是塔巴家系的第一人。这个家系此后应验了预言，做了好几百年卡瑞构岛的祭司王，之后又变成卡耳格帝国的神王。自从殷特辛担任高等祭司的时代起，卡耳格帝国的力量和势力日益成长。以前来盗墓的人都是术士巫师，他们为了取回厄瑞亚拜那个破裂的护符，试了一次又一次。但它一直在这里，当年那位高等祭司把它放在这里让我们保管。同样，他们的骨骸也留在这里……”萨珥说时，手指她脚下的土地。

“半片护符在这儿。”柯琇说。

“但护符的另一半永远遗失了。”

“怎么遗失的？”阿儿哈问。

“殷特辛把他拥有的一半送来存放在陵墓大宝藏室里，因为那里可以永保安全。但另一半在厄瑞亚拜手中，他逃亡前交给一个叛乱的小王，就是胡庞地方的索瑞格。我不晓得厄瑞亚拜为什么这么做。”

“为了引起争斗，为了让索瑞格感到骄傲。”柯琇说，“他确实达到目的了。等到塔巴家系统治时，索瑞格的后嗣起来反叛。等到第一位神王就任，他们也领军对抗，因为他们不肯承认他是君王，也不肯承认他是神。索瑞格家族实在是个该受诅咒的家族，现在他们全死光了。”

萨珥点头：“当今神王的父亲‘兴盛爷’镇压了那个胡庞家族，摧毁了他们的宫殿。但大功告成时，那半片护符——自从厄瑞亚拜、殷特辛时代起，索瑞格家族一直保存的半片护符，竟然不翼而飞。没人知道它的下落。那是一个世代之前的事了。”

“一定被当成垃圾丢弃了，不用怀疑。”柯琇说，“人家说，那个世称‘厄瑞亚拜之环’的护符，外表看起来一点也不像有价值的东西。我诅咒它，也诅咒巫师之流的所有东西！”柯琇往炉火里吐了口唾沫。

“你见过存放在这里的那半片护符吗？”阿儿哈问萨珥。

这瘦削女子摇头：“它放在大宝藏室中，除了第一女祭司，没人能进入大宝藏室。那半片护符可能是大宝藏室所有贮藏品中最了不起的东西。我不清楚到底是不是，但我猜可能是这样。因为数百年来，内环诸岛不断派送巫师和窃贼来这里，想把它偷回去，他们都只想要那个破护符，对大开的黄金柜不屑一顾。现今距离厄瑞亚拜和殷特辛在世的时代已经非常久远了，但这里和西边岛屿的人们都还晓得这段故事，仍然代代传述。随着几百、几千年过去，许多事物老旧、消失。至今依然被视为珍贵的事物寥寥无几，能流传下来的故事也不多。”

阿儿哈沉思片刻后，说：“那些进入陵墓的人若不是十分勇敢，就是蠢得可以。他们不晓得累世无名者的力量吗？”

“他们不知道。”柯琇冷淡道，“他们不信神。他们会几招魔法，就以为自己是神。但他们根本不是。他们死时，不会转世，而是变成尘土和尸骨，他们的鬼魂在风中哀嚎，转眼被风吹走。他们没有不朽的灵魂。”

“他们施展的魔法有哪些？”阿儿哈颇神往地问。她忘了自己曾说过，若是见到内环诸岛驶来的船，她会转身走开，正眼不瞧一下。“他们是怎么施展的？魔法能做什么？”

“都是些诡计、骗术、把戏罢了。”柯琇说。

“要是大家传说的故事有部分属实，”萨珥说，“那么多少比把戏厉害些吧。那些西方的巫师可以升风、止风，还能让风按照他们希望的方向吹。这一点是大家都一致认同的，每则故事讲到这部分都差不多。也因此，他们都是出色的操帆手，他们能把法术风注入帆内，让船随心所欲航行。他们也能平定海上暴风雨。又据说，他们能随心所欲制造光亮与黑暗，能把岩石变成钻石，把铅变成金；还说他们能在转眼间建造一座大宫殿或一座大城，至少外表看来是；还说他们能把自己变成熊、鱼或龙，随他们高兴变什么就变什么。”

“我全部不相信。”柯琇说，“说他们危险狡猾，会暗中要招，像鳗鱼一样滑溜，我倒相信。但据说，要是取走术士的手杖，他就没有力量了。或许木杖上写了什么邪恶的符文吧。”

萨珥又摇头：“他们的确随身带了根手杖，但那不过是工具，真正的力量蕴藏在他们体内。”

“他们是怎么获得力量的呢？”阿儿哈问，“那力量是从哪里来的？”

“由谎言而来。”柯琇说。

“由字词而来，”萨珥说，“有人这样告诉我。那人曾亲眼见过内环岛屿一名卓越的术士，他们称那名术士为法师。他们一路追捕那法师，好不容易才在西边岛屿抓到他。法师见情况危急，拿出一根木棒，对木棒说了一串字词，木棒居然开花了。他又说另一串字词，看！它长出红苹果。再说一串字词，木棒、花朵、苹果全部消失，只剩法师。又说一串字词，连他本人也像彩虹般消失了，眨眼间无踪无影。他们一伙人找遍那座岛屿，却始终找不着那法师。像这样，会只是把戏吗？”

“骗骗傻瓜很容易。”柯琇说。

为避免争端，萨珥没再说什么。但阿儿哈满心不愿抛开这个话题。“那些巫师长什么样子？”她问，“他们真的全身漆黑，只有眼睛是白的吗？”

“他们又黑又卑劣，但我半个也没见过。”柯琇满意地说着，她微移矮凳上沉重的庞大躯体，并张开双手在炉火上取暖。

“愿双子神使他们远离。”萨珥喃喃道。

“他们不会再来所在地这里了。”柯琇说。这时炉火噼啪，风雨在屋顶哗啦作响，外头昏暗的门廊上，马南高声叫道：“啊！我赢你一半，一半喔！”

第五章

山底之光

LIGHT UNDER THE HILL

这年快入冬之际，萨珥去世了。夏季时，她染上一种销蚀肉体的疾病。原本就瘦削的她，变得只剩皮包骨；原本就阴沉的她，变得一言不发。她只对阿儿哈讲话，但那也是偶尔碰巧两人独处时才有的事。后来她连对阿儿哈也不说话了；末了，就那样默然径赴幽冥。她去世后，阿儿哈非常想念她。萨珥也许严厉，但她从不曾残酷。她教导阿儿哈学会的是自尊，不是惧怕。

现在只剩柯琇了。

双子神殿的新任高等女祭司预计次年春由阿瓦巴斯派来。在那之前，阿儿哈与柯琇两人同为陵墓所在地的治理人。柯琇称呼阿儿哈“女主人”，遇令就得服从，但阿儿哈早已学会不去命令柯琇。她有权命令柯琇，但她没有力气。柯琇嫉妒地位比她高的人，也怨恨自己无力操控的任何人事物，想与她那份嫉妒和怨恨相抗，恐怕很费力气。

从温和的潘姒那里，阿儿哈认识到世上有不信神的人存在，尽管这一点吓着了她，她仍接受这是人生事实；也因此，她能比较客观地看待柯琇，进而去了解她。对累世无名者或神，柯琇内心都没有真正的敬拜诚意。除了权力之外，在她眼中没有一项事物是神圣的。当今拥权者是卡耳格帝国的君王，所以就她来说，这个君王真的就是“神王”，她会对他尽心效力。但她认为神庙纯粹是炫示，墓碑只是岩石，峨团陵墓不过是地底洞穴——虽然可怕，但空虚不实。要是有能力，她会终止敬拜空宝座；要是有胆量，她也会废除第一女祭司。

就连最后这项事实，阿儿哈也能相当坦然地面对。虽然萨珥从没明说什么，但她或许曾协助阿儿哈明白这一点。萨珥罹病之初，尚未完全沉默不语时，曾要阿儿哈每隔几天来病榻前相谈，她告诉阿儿哈当今神王及其先祖的诸多作为，以及阿瓦巴斯的行事方式等等，全是身为位高权重的女祭司应该知道的事，内容却往往不是歌功颂德。萨珥也谈自己的生平，并描述前世阿儿哈的长相和作为，有时也会提到阿儿哈这一世可能遭遇的困难和危险，虽然不太频繁。她一次也没提柯琇的名字，但阿儿哈当萨珥的弟子十一载，只消一个暗示或语调，她便充分了然，并牢记在心。

一待沉郁忙乱的丧礼结束，阿儿哈就尽量避开柯琇。一天漫长的工作与仪典完成后，她就回到自己的独居处；只要有时间，她就去宝座后面的房间，打开活板门，进入黑暗地底，不分白天夜晚，反正进入后都一样黑。她开始对自己的领域进行系统性的探索。由于墓穴具有神圣的崇高价值，所以除了第一女祭司、高等女祭司和她们最信赖的宦人以外，完全禁止任何人进入。别人若甘冒危险擅闯，不论男女一律会遭累世无名者的愤怒打击致死。但就她所知的全部规定中，没有任何字眼提到禁止谁进入大迷宫。制定这种规定毫无必要，因为大迷宫只能经由墓穴进入——再怎么说，需要有规定来限制苍蝇投入蜘蛛网吗？

所以，阿儿哈常带马南进入大迷宫的外围区域，好让他也认得通道。马南不太热衷去那里，但一如往常，他服从阿儿哈的意思。她还要柯琇的两名宦人杜比与乌托都晓得前往囚链室的通路及出墓穴的通道，但仅止于此，她从没带他们两人进大迷宫。她只想让绝对忠诚的马南晓得那些秘密通道，因为那是她的，永远为她所独有。其实她老早就开始全面探索大迷宫。一整个秋季，她花了许多天在那些无止境的通道中来来去去，但仍然有一些区域她从没走到过。步行追踪这些漫长而无意义的通道网，不停计数已过和未过的转弯和通道，无疑是件非常累人的事，不但双脚疲劳，心思也觉厌烦。但在那些有如大城市街道的地下甬道中，平躺于坚稳的岩石地面上，感觉倒挺美妙。最初建造这些地下通路的目的，不过是想累垮并迷乱进入其间的人，到最后，必然连护陵女祭司也觉得这些通道说穿了不过是个大陷阱而已。

因此，待日子渐入隆冬，她把全面探索的目标转向宝座殿本身，像是祭坛、祭坛后面和祭坛底下的壁龛、箱柜室、箱柜内的物品、通道和阁楼、圆拱顶下方千百只蝙蝠筑巢的肮脏空间、作为黑暗走廊前室的建筑基层和底层……

探索过程中，有时她的双手和袖子会沾上麝香草的甘甜香气，那是掉在铁柜上约有八百年之久的麝香草，全化为粉末了；有时她的眉毛会被蜘蛛网附着的污物弄脏；有时她会跪在遭岁月摧残的漂亮杉木箱旁一整个小时，仔细研究箱上的雕刻——这箱子是某君王赠送给陵墓累世无名者的礼物，箱上精巧的浮雕想必出自一位古代艺匠之手，但他早已化为尘土数百年了。浮雕上刻了那位君王，鼻子特大，躯体僵直；还刻了宝座殿的平拱顶和廊柱。另外也刻有第一女祭司，她正由青铜盘中吸入药草蒸气，并向君王提供预言或建言。在这件雕刻中，君王的鼻子已断裂不见，而女祭司的脸由于刻得太小，无法辨清五官长相；但阿儿哈想象，这名女祭司的脸就是她自己现在这张脸。她很好奇这位女祭司正在对大鼻子君王说些什么，而这君王是否心存感激？

宝座殿内有几个地方她特别喜爱，好比一个人坐在洒满阳光的房子中，也有比较偏好的位置一样。这建筑的尾端有几间更衣室，其中一间的顶上有个小阁楼，她常去那儿。那阁楼里存放了古代礼袍，供昔日王亲贵族等要员来峨团陵墓敬拜时换穿；这些人来此敬拜，等于承认有个大于他们自己的或任何凡人的领域。有时，他们的公主女儿会穿上镶绣黄玉和深色紫水晶的柔细白丝袍，与陵墓女祭司一同起舞。阁楼内藏宝物中有几张彩绘象牙小桌，桌面所绘图样就是起舞情形。她们舞蹈时，君王或领主待在殿外等候，这说明当时与现在一样，禁绝男人涉足陵墓土地。侍女倒是可以进来与女祭司共舞，这些侍女身着白色丝袍。但女祭司本人则和现在一样，只穿家纺粗素黑袍，古今如一。阿儿哈喜欢来这里用手指抚摸丝袍，它们虽因年久而略损，但宜人的轻柔触感依旧。礼袍上的珠宝不会消失，由于本身的重量，有些已脱落。这些衣柜有种香气，那香气不同于所在地神庙里的麝香或熏香，它比较新鲜，比较清淡，比较有活力。

在这几间宝物室之中，她往往花上整晚时间单单检视一只箱子，把所有东西看个遍：珠宝、生锈的盔甲、破损的舵柄羽饰、皮带扣、别针、胸针、青铜制品、镀银用品、纯金物品……

猫头鹰不理会她的存在，径自坐在椽木上，黄眼睛或张或闭。屋瓦缝隙透进一点星光，也会飘落雪花，细致冰冷，如同那些古代丝袍，摩挲末了，感觉无物。

深冬某夜，由于殿内太冷，她走到活板门那里，举起活板门，扭身爬下阶梯，而后关上活板门。她静悄悄步入通往墓穴的这条她已熟透的通路。当然，她从不带灯火去墓穴那里，有时即使带了灯笼进大迷宫，或夜晚时在地面上行走，只要邻近墓穴，她一定灭掉烛火。所以，她从未看过那地方，就连过去她当女祭司的各个世代，她也没看过。现在进了这条甬道，她照例吹熄手执灯笼内的烛火，然后按照原有步调摸黑前进，却轻松得宛如黑水中的小鱼。这里始终不冷不热，不论冬夏，永远带有相同的凉意及不变的些微湿气。上方的地表，冷冽的冬风在沙漠上猛扫白雪；而这里无风、无季节、封闭、静谧、安全。

她打算去彩绘室。她喜欢偶尔去去那里，就着昏暗烛光研究墙上那些跃出黑暗的奇异壁画。画中尽是些生了长翅膀的大眼睛男人，有的安详，有的沉郁。没人能告诉她那些人是谁。所在地的别处没有这种图画，但她自认明了这些图像——他们是不重生的、受诅咒者的鬼魂。由于彩绘室设在大迷宫中，她得先穿越墓碑区底下的大墓穴；这回，往下行经倾斜通道时，她见到一抹淡淡的灰色，一道薄弱的微光，一束远处光线的反射再反射。

她以为是眼睛作怪，毕竟在全然黑暗中，眼睛常常骗人。她闭上眼睛，微光随之消失，再张眼，微光重现。

这时她已止步，呆立不动。确实是灰色，不是黑。边缘淡淡的灰白也清晰可见，而这地方本该什么也看不见，本该举目尽黑。

她向前走了几步，伸手触摸隧道墙角，发现隐约可以看见手的移动。

她继续前进。在这极深的黑暗墓穴中，在这不曾有光的地方竟有微光缥缈，真是难以想象的怪事，实已超越让人害怕的地步。她光脚黑衣，无声无息前进。到了最后一个转弯处，她停下来，然后缓缓挪移最后一步，凝目观看。

眼前是她前所未见的景象。尽管她曾活过千百世，也不曾见过这景象。陵墓墓碑底下出现一个绝非由人手所凿而是遭地力掏空的圆拱形巨穴，穴壁和顶上满布水晶和石灰岩的白色尖柱。这是地底清水自太古以来长年劳作的所在。顶部和墙壁闪闪发光，巨大辉煌，精美错杂，使墓穴转化为一座钻石王宫、一栋紫水晶和澄水晶之屋。它们光荣壮美地驱走了万古黑暗。

运作这奇景的光虽不明灿，但对习惯黑暗的眼睛仍是眩目。那是一道柔和的薄光，像是沼气光，它缓缓横越洞穴，把珠光闪闪的穴顶擦亮成千百朵银花，并在洞穴石墙上投射出千百个奇幻丽影。

那道光从一根木杖尾端放射出来，没有冒烟，不会燃耗。木杖由一只凡人的手握着。阿儿哈看见光亮旁边的脸庞，那张黝黑的脸是一张男人的脸。

她立定未动。

那男人在大墓穴里横过来穿过去，走了颇长一段时间。他细心查看岩石带状水纹的背后，仔细观察由墓穴延展出去的几条地道，但他没有进入那些地道。他的举动看起来好像在寻找什么。护陵女祭司依旧静立不动，她站在通道的黑暗角落等着。

她最难想通的一点或许是，她正在观看一名陌生人。她一向很少见到陌生人。她于是猜想，这人必定是管理员之一。不，应该是围墙另一边的男人，大概是牧羊人，或是所在地的守卫、奴隶。他来这里探究累世无名者的秘密，可能是想偷取陵墓的某样东西……

来偷某样东西，来盗取黑暗力量。“亵渎神圣”这几个字慢慢进入阿儿哈脑袋。他是男人，而男人的脚掌永不容踩踏这神圣墓穴之地。但他已经身处这空阔的陵墓心脏区域，他已经进入了。他已在禁光的所在造光，这是天地创始以来不曾有的事。累世无名者为什么没有击倒他？

男人这时站着，低头注视岩石地板，那一处的地板曾被切割并搬动过。看得出来那块地面曾被撬开又覆盖回去，应该是为了造坟而挖起这贫瘠的酸性土块，但没仔细填实。

她的历代主母已食尽那三名囚犯，为何没吃掉这一个？她们在等什么？

等她们的手行动，等她们的舌说话……

“滚！滚！滚开！”突然，她放开嗓门尖声大叫。巨大回音轰隆盘绕着整个墓穴，好像为了把那张受惊吓的黝黑脸孔弄模糊似的，因为那张脸刚才已经转向她这边，然后透过摇曳的洞穴光辉见到了她。紧接着，光亮消失。所有辉耀隐逝。漆黑，而后是沉寂。

现在她又可以思考了，她已经摆脱那个光亮魔法。

他一定是从红岩门，也就是“囚犯门”那儿进来的，因此，他会尝试由那扇门逃走。阿儿哈有如轻翼疾展的猫头鹰，轻巧无声地跑越半圈洞穴，来到了隧道顶部较低矮的那一段，只有那里可通往那扇仅能向内开启的门。她停在隧道入口。没有穿堂风由外吹来，可见他进来后没让那扇单向门开敞。门是关着的，若是他仍在隧道内，这会儿显然进退不得了。

但他不在隧道内，这一点她极确定。在这个狭窄空间内，如此近距离，他若还在，她一定听得见他的气息，感觉得到他生命的温暖和脉动。隧道内空无一人，她伫立聆听。他去哪儿了?

黑暗好像一条绷带压迫她的眼睛。看清陵墓墓穴让她感觉惶恐困惑。过去她所知道的陵墓，只是一个听来的、用手触摸来的、借着黑暗中流动的凉爽空气感受到的领域，那个领域很大，是个无人得见的奥秘。现在她却看见了，而这奥秘竟非由恐惧取代，反倒被美丽接手。美丽，一个比黑暗奥秘更为深邃的奥秘。

这时她缓步前进，有些迟疑。她触摸着靠左走，走到第二条通道，也就是通向大迷宫的通道，停下脚步聆听。

她的耳朵能告诉她的，跟眼睛一样少。然而，就在她一手贴扶岩石拱道一边时，她感觉岩石好像微微震动，不流通的冰凉空气中似乎带有一丝不属于这里的香气——一种野生洋苏叶的气味，而这植物生长在头顶上方的沙漠山丘上，繁衍于辽阔的天空下。

她循着嗅觉，缓慢无声地走下隧道。

跨出大约百步后，她听见他了。他几乎与她一样沉静无声，但他在黑暗中的脚步不像她那般稳妥，她听见细微的脚步声短暂乱响，好像因为地不平而绊跌，但又马上稳住自己。接着，四下死寂。她静候片刻，继续提腿缓进，右手指尖轻触石壁。最后，手指摸到一条金属圆棒。她停在那儿，继续往上触摸铁条，一直到她能够着的最高位置，她才摸到一个凸起的粗糙铁把手。然后，她骤然使出全力将把手往下拉。

迸出一阵可怕的嘎嘎声和碰撞声，蓝色火花飞落。回声慢慢消退，抱怨似的往她身后的通道传过去。她伸手感触，距她的脸仅几英寸远，是一扇铁门略带麻点的表面。

她长吐一口气。

接着，她慢慢由隧道上坡走回墓穴，再一直让墙壁保持在右手边，走回宝座殿的活板门。虽然已无必要静默，但她没有疾走，而是一声不响缓慢移步。反正她已经逮着她的窃贼了。他刚才经过的那扇门是进出大迷宫的唯一途径，而它仅能由外面开启。

现在，他就在大迷宫里面，困在那个黑暗的地底，永远出不来了。

她挺直腰，慢步经过宝座，进入有长柱的大殿。这殿内有只青铜钵，安置在高三脚架上，钵内满是火红木炭。她绕过青铜钵，走向升至宝座的七级台阶。

她在最底下一级台阶下跪，前额拜倒触地。那石阶不但冰冷蒙尘，还散布些许猫头鹰猎食弃置的老鼠骨头。

“请饶恕我目睹你们的黑暗被侵犯，”她轻声说，“请饶恕我目睹你们的陵墓被亵渎。我会为你们复仇，我的众主母啊，死亡会把他交给你们，他将永不得重生！”

她虽然祈祷，内心所见却是有光的洞穴展现的摇曳光彩，冥域中的生命。而且，她没感到亵渎神圣所该产生的恐惧，对那个窃贼也毫无愤怒；她想到的只是——那洞穴多么奇特、多么奇特……

“我该告诉柯琇什么呢？”她步出大殿，踏进猛烈冬风中，在拉紧披风时自问自答道，“什么也不说。还不要告诉她。我是大迷宫的女主人，这不关神王的事。等那窃贼死了再告诉她好了。我该怎么杀死他？我应该叫柯琇来看他被处死，她喜欢死亡。他在找什么？他一定疯了。他是怎么进来的？只有柯琇和我有红岩门和活板门的钥匙。他一定是从红岩门进去的，只有术士才可能打开那扇门。术士——”

她蓦然止步，虽然强风几乎把她的脚吹离地面。

“他是术士，内环诸岛来的巫师，在找寻厄瑞亚拜护符。”

这个结论竟隐含一分离奇魔力，使她虽置身冰冽冬风中却渐感全身温暖，并且朗笑出声。她四周是所在地，所在地周围是幽黑死寂的沙漠；冬风刺骨，山坡下的大屋一无光亮。看不见的薄雪在风中飘拂。

“要是他能用巫术开启红岩门的话，他也能开启别的门，然后逃跑。”

这想法顿时害她背脊发凉，但马上被她否定。是累世无名者让他进来的。有何不可？反正他无法制造任何伤害——一个无法离开偷窃现场的贼，能造成什么伤害？他能做到这一步，想必身怀法术和邪恶力量，而且肯定是强大的法术和力量，但他无法再前进了。凡人的魔法不可能胜过累世无名者的意志，或赢过墓穴内的鬼魂，或与宝座空虚的历代诸王争强。

为了帮自己确定这想法，她快步走下山丘到小屋。马南在门廊上睡觉，裹在斗篷与破毛毯内，那条破毛毯就是他冬天的床。她安静走进屋内，没点灯，唯恐惊醒马南。她打开一个上锁的小房间，说是小房间，其实只是屋子尽头的一个大柜子。她敲击打火石，火花持续的时间刚好足够让她找到想找的地板某处。她跪下来移开一块砖，现出一小块仅数英寸见方的脏厚布，她无声无息地拉开厚布，却吃惊跳开。一道光射上来，恰好照在她脸上。

稍过片刻，她才小心翼翼透过地上的开孔看进去。她都忘了，那人的木杖会放射奇异的光芒。她原本只期望听见他在下方的黑暗中走动，竟忘了那光亮。现在，他就位于她预期的所在，这个侦窥孔的正下方，那扇阻碍他逃离大迷宫的铁门旁。

他站在那里，一手置腰际，另一手斜持那根与他齐高的木杖。木杖顶端附着微弱磷火。由大约六英尺的高度望下去，他的头略偏一边。这人身上是一般冬季旅人或朝圣者的装扮：厚重短斗篷、皮制短上衣、羊毛绑腿、系带草鞋；背上有个轻背袋，袋上吊挂一只水壶；腰际则有把带鞘短刀。他静立在那儿，像尊雕像，自在而一脸深思。

他慢慢从地面举起木杖，把发光那一端伸向铁门——阿儿哈从侦窥孔看不到铁门。但见那团光亮起了变化，变得较小但亮，是个密实光团。他大声说话，阿儿哈听不懂那奇怪的语言，但比那语言更奇怪的是那人深沉洪亮的说话声。

木杖顶端的光变亮，晃动，转暗，甚至有一阵子几近完全消逝，使她无法看见他。

等那淡紫色沼气光重现并稳定放光，她看见他转身离开铁门，他的开启魔法失败——锁牢那扇门的力量比他所拥有的任何魔法都强大。

他环顾四周，好像在思考。打算怎么办呢？

他站立的那条隧道或通路宽约五英尺，洞顶离粗糙不平的岩石地板十二至十五英尺，墙壁是打磨过的岩石，没有涂灰泥，但堆砌得非常仔细又紧密，石缝间几乎连刀尖也插不进去。这墙越往上越倾斜，形成圆拱状穹窿。

此外别无一物。

他开始向前走，只一大步便将他带离阿儿哈的视线以外。光亮渐消逝，就在她想把厚布和砖块放回原处时，她面前地板的微光又增强了。他重返铁门边；也许他想通了，一旦离开铁门进入隧道网，他大概不太可能再找到这扇铁门。

他说话了，只低声说了两个字：“易门”。后来又稍微放大声量重说一遍：“易门”。铁门在门框内嘎嘎作响，低沉回音像打雷般在圆拱形隧道内轰隆打转，阿儿哈仿佛觉得脚下的地板在摇晃。

但铁门依旧牢固。

他于是笑了起来，是自嘲时发出的那种短促笑声。他再度仔细查看四周墙壁，向上瞥时，阿儿哈看见他黝黑的脸上残留一抹微笑。他查看完后坐下，松开背包拿出一片干面包咀嚼起来。他打开皮水壶摇了摇，看模样很轻，好像快空了；他没有喝，重新塞妥盖子。他把背包放到身后当枕头，拉拉斗篷裹住身体后躺下，木杖仍握在右手。他躺下时，有一小团光亮由木杖向上飘，而后暗淡地悬在他的头顶后方，离地仅几英尺。他左手放在胸部，手中握着某样挂在沉重颈链上的东西。他躺在那儿，两腿交叠于脚踝，相当舒适。他的目光飘过侦窥孔，而后叹了口气，闭上眼睛。那光亮渐暗。他睡了。

紧握在胸前的那只手松开来，滑至一侧，于是，上方的旁观者看见他颈链上的护符：像是一小片粗金属，呈半月形。

巫术微光消逝，他躺在沉寂和黑暗中。

阿儿哈放回厚布，照原样盖好砖块后小心站起来，溜回房间。屋外冬风呼啸，她躺了很久仍无法成眠，眼前不断重现那间冥宫中闪烁的水晶光芒、那团不冒烟的火光、隧道墙壁那磊磊岩石，以及男人睡着时那安详宁静的脸庞。

第六章

陷阱

THE MAN TRAP

第二天，阿儿哈一忙完在各殿应尽的职责，结束教导见习生神圣之舞的课程，立刻溜回小屋，熄灭房内灯火，打开侦窥孔，向下窥视。底下没有光。他走了。她本就不认为他会一直待在那扇他打不开的铁门前，但这处是她仅知的可窥之处。现在，他八成迷了路，该怎么找他呢?

根据萨珥生前描述与阿儿哈的亲身经验，大迷宫的隧道总长超过二十英里，内含回绕、支线、螺旋、死巷等等。以直线计，最远的死巷距离陵墓可能不超过一英里，但地底下没有一条路是笔直的，所有通道都采用弯曲、开岔、重合、分支、交错、环结、回溯等办法构成精巧的首尾相接道路网，等于没有开头，没有结尾。即使在里面走了老半天，也可能压根儿没前进到什么地方，因为它根本不通往任何地方。这个隧道网没有中枢，没有核心，一旦那扇铁门闭锁，就失去尽头，没有一个方向是正确的。

虽然阿儿哈早已把前往各房室、各区段的通路和转弯牢记在心，但若想进行较长距离的探索，她也会携带一球团纱线，沿路松开，待重返时边收线边循线回溯。她知道，只要漏掉一个该计算的转弯和通路，连她也会迷路。这里面完全没有路标，一旦迷路，即使有灯也帮不了忙。所有廊道、开口、出入口全一个模样。

这会儿他可能已经走了好几英里路，但实际距他进入大迷宫的那扇红岩门还不到四十英尺。

她去宝座殿、双子神殿、厨房底下的地窖，趁四下无人时，从各个侦窥孔俯瞰地底那冰冷阴森的黑暗。夜幕铺展后，她冒着严寒，顶着闪烁星光到山丘上几个地点，翻开石头，扫掉泥土，同样向下窥探，但看见的仍是一无星光的地底黑暗。

他在里面，他一定在里面，只是躲开她而已。他会在她找到他以前渴死。要是确定他已死亡，她会派马南进去隧道网把他找出来。但这种结果，光是想到就叫人受不了。星光下，她跪在粗硬坡地上，眼睛不由得盈满愤怒的泪水。

她走向通往神王庙的斜坡走道。神庙廊柱的柱头雕刻结了霜，在星光下白闪闪的，像极了磷骨柱。她敲了敲神殿后门，柯琇应门让她入内。

“什么风把我的女主人吹来？”这位粗壮的女子说着，表情冷漠，一脸警戒。

“女祭司，大迷宫里面有个男人。”

难得碰上一件意料之外的事，柯琇惊得卸除防卫。她瞪眼呆立，双目好像暴凸了些。阿儿哈突然觉得潘姒模仿的柯琇实在是惟妙惟肖；她念头至此，不禁想大笑，经过一番强忍，笑意才逐渐淡去。

“一个男人？在大迷宫里面？”

“一个男人，一个陌生人。”由于柯琇仍然用不可置信的眼光注视她，她便又说，“虽然我见过的男人很少，但起码认得出男人的样子。”

柯琇不理会阿儿哈的嘲讽：“怎么会有男人在那里面？”

“我看是借由巫术进去的。他肤色黝黑，大概是内环岛屿的人，来这里盗墓。起初我是在墓碑正下方的墓穴发现他的。他一察觉我，就跑向大迷宫的入口。他进去后，我把铁门锁起来。他会施魔法，但没能把门打开。今天早晨他进了隧道网，现在我找不到他了。”

“他带了灯火吗？”

“有。”

“水呢？”

“一只小水壶，不是满的。”

“他的蜡烛一定已经烧完了。”柯琇沉思道，“四五天，或许六天后，你可以派我的管理员下去，把他的尸体拖出来。他的血应该洒在宝座上，然后……”

“不行，”阿儿哈突然激烈地尖声说，“我要活捉他。”

大块头女祭司高高俯瞰女孩：“为什么？”

“好让……好让他的死……拖久一点。他犯了对累世无名者不敬的亵渎神圣罪，他用光亮污蔑了陵墓墓穴，他来陵墓盗取宝物。这些可是大罪，一定要施以更严厉的刑罚，放他独自一人躺在隧道里死去太便宜他了。”

“没错。”柯琇说着，表情好像在审慎考虑，“但你要怎么活捉他，女主人？活捉的办法不可靠，任其死去则没什么危险。大迷宫里不是有个地方专门堆放骸骨吗？那都是进了大迷宫后没能离开的男人骨头……让地底诸灵用大迷宫的阴暗法子去惩罚他吧，管它是一种还是好多种。渴死就是一种残酷死法。”

“我晓得。”女孩说完，转身步入夜色中，拉起帽兜抵挡冰冻的呼啸冬风。她难道不晓得吗？

跑去找柯琇实在是幼稚愚蠢，从她那边根本得不到帮助。柯琇什么也不懂，只知道冷静等待，等他末了自己死去；她不懂，不懂必须把这男人找出来，不能将他同其他人一样处理。阿儿哈这次无法忍受那种处理法。既然他非死不可，就让他在光天化日下一刀毙命。这男人可是数百年胆敢来盗墓的头一人，让他死在剑锋下绝对比较合适。他连凡人灵魂都没有，根本没资格重生。若任由他单独在黑暗中渴死，他的鬼魂会在地底走道穿梭飘荡，这绝对不可行。

阿儿哈那晚睡得很少。由于第二天有一连串仪典和职务要忙，她只得趁晚上一个人摸黑（没带灯笼）静悄悄地透过一个又一个侦窥孔察看，直到看完所在地每栋建筑内及山丘上的所有侦窥孔。忙了大半夜，到了破晓前两三个时辰才返回小屋就寝，却依旧难以成眠。第三天傍晚，她独自步行到沙漠，走向小溪。那条溪因冬旱而水位极低，河边芦苇结了冰。她决定来到溪边，因为她记起来，秋天时有一回她深入大迷宫，经过六岔口，沿着一条很长的弯道前进时，听见岩壁后面传来流水声。一个口渴的人如果走到那里，难道不会留下来吗？溪边这里也有侦窥孔，只是她得找一下。去年萨珥带她见过每个侦窥孔，所以没多费事就找着了。阿儿哈回忆地方与形状的方式一如盲人，好像是凭感觉来摸索每个隐藏孔，而不是靠眼睛寻找。到了距陵墓最远的侦窥孔旁，她拉起帽兜遮光，然后把眼睛移近岩石面所开凿的小孔——霎时，她看见底下有巫术光的暗淡微亮。

他在那里，但一半在她视线以外。这个侦窥孔正俯瞰这条死巷的最尽头，她只见到他的背部、低了头的颈背以及右臂。他坐在靠近墙角的地方，正在用刀撬石头。他那把刀是一把钢铸短剑，柄部镶有珠宝，刀身断了一截；断掉的那截就躺在侦窥孔正下方。他手举短剑一直刺，想撬开石头，好取水喝。他听见这片穿刺不透的石壁另一面有潺潺流水声，那水声在地底的死寂中显得特别清晰。

他的动作显得乏力。经过这三天三夜，他变了很多，与先前轻巧镇定地站在铁门边嘲笑自己失败的那个男人大为不同。虽然看起来顽强依旧，但身上的力量已不复见。他已经没有魔法可以拨开石块，必须借由一把无用的破刀。连他的巫术光也渐转弱，变得暗淡朦胧。阿儿哈观望时，那光亮微微颤动一下，那男人一扭头，扔掉手中短剑。一会儿，他又固执地拾起短剑，试着把破损的刀锋用力刺进石缝中。

阿儿哈匍匐在岸边结冰的芦苇间，渐渐忘了自己身在何处，也忘了自己在做什么。她两手贴近嘴巴合拢成杯形，凑到洞孔喊道：“巫师！”这声音滑下岩石窄径，在地底隧道冷冷轻唤着。

那男人大吃一惊，匆促站起，离开了阿儿哈的视线范围。她再度凑近侦窥孔，说：“顺着河边石墙往回走到第二个转弯口，走进去。第一个岔口右转，略过一个转弯口后再右转。到了六岔道后右转，然后左转，右转，左转，再右转，进彩绘室待着。”

她动了一下再望进去时，定是有一瞬间让日光从侦窥孔透入隧道了，因为她发现他回到她了视线可及的圆圈范围，正抬头向上凝望这道开口。她看见他脸上好像有伤疤，神色焦灼中带着期盼。他双唇干焦，但双眼明亮。他举起木杖，慢慢将亮光移近她的眼睛。她吓得后退，赶紧拉回岩石盖子，推回铺掩的小石子，起身快速回到陵墓所在地。她发觉自己双手颤抖，行走时还偶尔感觉一阵晕眩。她不晓得怎么办才好。

如果他依照她的指示，就会重回通往铁门的方向，到达彩绘室。彩绘室里没什么宝物，他没有理由去那里。但彩绘室的天花板有个不错的侦窥孔，通向双子神殿的“宝物间”，或许这是她想到彩绘室的缘故。她不清楚，也不知道自己刚才为什么对他说话。

她可以利用某个侦窥孔送点水到隧道，然后叫他去取用，这样一来他就能活久一点。随她高兴，要他活多久就活多久。假如她偶尔放些水和一点点食物下去，他会日复一日、月复一月在大迷宫里游走；而她可以透过侦窥孔看他，并告诉他去哪里找水，有时候故意指示错误，好让他白跑，但无论如何他都会去。这样肯定可以让他明白，在埋葬不朽亡者之处嘲笑累世无名者、吹嘘可笑的男子气概，会有什么结果！

但只要他仍在里面，她就永远不能进大迷宫。为什么呢？她自问自答道：我进去后铁门就一定会开着，他可能会趁机逃走……但他顶多只能逃到大墓穴罢了。所以事实是，她害怕面对他，她怕他的力量，怕他借以进入墓穴的种种伎俩，以及那个使光亮持续照耀的巫术。然而，那些东西那么可怕吗？统辖这个黑暗地带的力量保护的是她，可不是他。事实摆明，在累世无名者的领域中，他能做的不多。他没打开铁门，没召唤魔法食物，没穿墙取水，也没召集魔怪打倒石墙，所有她担心他可能做的事，他一件也没做到。甚至，他到处走了三天，还没找到路通往他肯定一直在找的大宝藏室，阿儿哈本人也还不曾按照萨珥的指示走到那里，基于某种敬畏与抗拒，她把这趟探险延后再延后，她依稀觉得时候未到。

她现在则想，为什么不干脆让他代替她去？他可以看遍他想看的陵墓宝物。它们对他用处大呀！届时她可以取笑他，并叫他吃黄金，喝钻石。

怀着这两天来占据她整个人的急躁不安和紧张兴奋，她跑向双子神殿，打开庙内拱顶的小宝物间，掀开地板上以巧妙手法隐藏起来的侦窥孔。

底下是彩绘室，但里面漆黑一片。她忘了，那男人在地底走隧道网，通路曲曲绕绕，可能比地表距离多了数英里长。而且他肯定很虚弱，走不快。他也可能记不得她所给的指示而转错弯。很少人能像她一样，听一遍就记住方向。或许他根本听不懂她的语言。若是那样，就让他在黑暗中走到倒下，死掉。这个笨蛋、异邦人、不信神的家伙，让他的鬼魂沿着峨团陵墓的下坡石头路哀鸣，直到黑暗吞食它……

次日一大早，经过少眠而多噩梦的一夜，她赶紧回到双子神殿的侦窥孔。她往下看，什么也看不见，只有一片漆黑。她把吊在链子上的锡制小灯笼挪低些。没错，他在彩绘室里。透过蜡烛的光晕，她看见他的两条腿和一只瘫软的手。这个侦窥孔不小，约有整块地砖那么大；她靠着孔口，叫了声："巫师！"

没有移动。他死了吗？他全身力气就只有这些吗？她暗自冷嘲，但心头怦怦跳。"巫师！"她的叫声在底下空洞的房间回荡。他动了，慢慢站起来，环顾四周，满脸困惑。一会儿，他抬头，瞥见头顶上方那只晃动的小灯笼。他的脸看起来真可怕，又肿又黑，跟木乃伊的脸没两样。

他伸手去拿放在一旁地上的木杖，但没有光亮放射出来。他身上没剩下半点力量了。

"巫师，你想看峨团陵墓的宝藏吗？"

他疲乏地仰望，眯眼观看她的灯笼亮光，那是他唯一能见的东西。一会儿，他瑟缩一下，可能原本想挤出微笑吧，接着他点头。

"走出这个房间，左转，碰到左边第一个通道就转弯走下去……"她滔滔不绝讲了一大串指引，毫无停顿，讲完后又说，"在那里面你可以找到你要找的宝物，说不定还可以找到水。现在，宝物和水，你要哪一个，巫师？”

他倚着木杖挺直身躯，用那双无法看见她的眼睛仰望，想说些什么，但干渴至极的喉咙无法发声。他略微耸肩，离开了彩绘室。

她才不给他水呢，一点也不给。反正他永远也找不到路到宝藏室。那段路程指引太长了，他记不住。况且途中有“巨坑”，如果他走得了那么远。他现在没光可用，肯定会迷路，然后倒地不起，最后死在狭窄空荡干枯的走道某处。到时候马南会去找他，把他拖出来，事情便到此结束。阿儿哈两只手紧抓窥孔盖，不断前后摇动匍匐着的身子，她紧咬嘴唇，好像忍受着可怕的痛楚。她一点水也不给他，她一点水也不给他，她要给他死亡、死亡、死亡、死亡、死亡。

在她生命中这个暗沉时刻，柯琇来了。她穿着冬季黑袍，拖动着庞大体积，脚步沉重地走进这宝物间。

“那个男人死了吗？”

阿儿哈抬头。她眼里没有泪水，无须躲藏。

“我想是死了。”她答，同时起身，拍去裙上的尘土，“他的光没了。”

“他可能要诈。那些没有灵魂的家伙是非常狡猾的。”

“我再等一天看看。”

“对，或者等两天。然后就可以派杜比下去把尸体拖出来。他比老马南强壮。”

“但服侍累世无名者的是马南，不是杜比。大迷宫里有些地方，杜比不该进去。那贼现在就在这种地方。”

“有什么关系，反正大迷宫已经被污损了……”

“他的死可以让大迷宫重新洁净。”阿儿哈说。从柯琇的表情，她可以判断自己的神色想必有点怪异。“女祭司，这是我的领域，我必须遵照我历世主母的命令照顾它。关于死亡，我已经知道很多了，不用教我。”

柯琇的脸往黑帽兜里缩了缩，就像沙漠乌龟缩进龟壳，她冷淡不悦地迟缓应道：“很好，女主人。”

两人在双子神殿的祭坛前分手。既然已告诉柯琇她知道该怎么做，阿儿哈于是从容走向小屋，唤来马南，嘱他陪行。

她与马南一同爬上山丘，走入宝座殿，进入大墓穴。两人用力合扳长门把，打开大迷宫的铁门。他们点燃灯笼后入内，阿儿哈带路前往彩绘室，再由彩绘室走向大宝藏室。

那个贼没走多远。她和马南在曲曲折折的隧道才走不到五百步，就遇见他了；他瘫在狭窄的地道上，像团破布被扔在地。他倒下去前，手杖先掉地，落在与他有点距离的地上。他的嘴唇有血，眼睛半闭。

“他还活着。”马南跪下，黄色大手放在男人喉头探脉搏，“要不要我扼死他，女主人？”

“不，我要他活着。把他抬起来，跟我走。”

“要他活着？”马南不解，“为什么，小女主人？”

“让他当陵墓的奴隶！别多问，照我的话做。”

马南的脸比以前更忧郁了，但仍遵从指示。他颇费了点力气，把这年轻男人像个长布袋似的举到肩膀上，尾随阿儿哈蹒跚前行。在那样的负重下，马南没法一次走太远，为了让他喘喘气，这趟回程总共歇了十几次。每回停留的地方，廊道看起来都一样，灰黄色石头紧叠成穹窿，石地不平，空气凝滞。马南哼哼喘喘，肩上的陌生人静卧着，两只灯笼照射出暗淡光圈，越往外越稀薄，最后没入廊道前后的黑暗中。每次暂停，阿儿哈就拿起带来的水瓶，对准男人干焦的嘴巴滴点水，一次一点点，唯恐喂得太仓促反而害死他。

“去囚链室吗？”他们走到通往铁门的通道时，马南问。阿儿哈一听，才开始思考该把这囚犯带去哪里。她也不晓得哪里好。

“不行，囚链室不行。”她说，顿时又被记忆中的浓烟、恶臭及纠发遮面、一语不发的沉默脸孔搅得难受起来。况且柯琇可能会去囚链室。“他……他必须留在大迷宫，这样他才无法恢复巫力。哪个房间有……”

“彩绘室有门，有锁，也有侦窥孔，女主人。如果你确信他不会穿门逃走。”

“他在地底下没有巫力。就带他去那儿吧，马南。”

背着重负走了来路的一半，现在要走回去，马南又累又喘，根本没力气抗议，只挺挺背脊将男人背回肩头。回到彩绘室后，阿儿哈脱下身上厚重的羊毛冬季长斗篷，铺展在尘埃满布的地上。“把他放在上面。”她说。

马南大口喘气之余，一脸惊愕，忧郁地呆望着阿儿哈：“小女主人……”

“我要他活着，马南。瞧他现在发抖的样子，他会冷死。”

“你的外套会变得不洁。这是第一女祭司的外套，而他不但不信神，还是男人。”马南脱口而出，小眼睛眯着，宛如处于痛苦中。

“事后我会把这件斗篷烧毁，再织一件！快，马南！”

听阿儿哈这么说，马南顺从地弯腰放下肩上囚犯，让他躺在黑斗篷上。那男人宛如死了般瘫着，但喉头脉搏仍猛烈跳动，不时一阵痉挛使他的身躯打哆嗦。

“应该把他链铐起来。”马南说。

“他现在看起来危险吗？”阿儿哈讥嘲道。但马南指着一个钉在岩块里的铁制锁扣，表示可以把囚犯锁在那里。阿儿哈见状，就遣他去囚链室拿铁链和扣环。马南走下廊道，一边喃喃抱怨，一边口诵隧道走法。他曾经来回于彩绘室和囚链室之间，只是从不曾单独走过。

在仅余的一盏灯笼的照射下，四面墙壁上那些有下垂大翅膀、在无尽沉寂中或蹲或站的朴拙人形，好像都挪移扰动起来。

她跪下，用水瓶滴水进囚犯嘴中，一次滴一点点。最后他咳了一下，两手虚弱地举起来要拿水瓶，她任他拿去喝。他喝完躺下时，水渍加上灰尘和血迹，一脸脏污。他含糊不清地说了些话，只有几个字，但用的是她听不懂的语言。

马南终于拖了一长条铁链回来了，还带了一副可以锁铐的大枷锁，以及一个恰合囚犯腰围的铁环。“这铁环不够紧，他可以滑开。”马南把链子锁在墙上的铁圈时，喃喃叨念着。

“不会，你瞧，”阿儿哈现在比较不怕这囚犯了，她伸出手，亲自演示铁环和男人腰肋间所剩细缝，就连她的手也放不进去，“除非他挨饿超过四天。”

“小女主人，”马南以哀怨的语调说道，“我倒不是怀疑什么，但……让他当累世无名者的奴隶有什么益处？他是男人呀，小人儿。”

“马南，你实在是个老呆瓜。快弄好，我们要走了。”

囚犯睁着明亮但疲乏的双眼注视这两个人。

“马南，他的手杖呢？在那儿。我要带走，它有魔力。唔，还有这个我也要带走。”她迅速一跃上前，抓住男人衣领边的银链子，将链子绕过男人的头；那男人试图抓她手臂制止，但背部被马南踢了一脚，阿儿哈将银链子一甩，他就够不到了。“这是你的护身符吗，巫师？你很宝贝它是不是？看起来没什么价值呀，你没钱买个更好的吗？让我替你好好保管吧。”说着，她把银链子挂在自己脖子上，并将坠子藏在羊毛外袍的厚领子底下。

“你不了解它是做什么用的。”男人说着，声音极沙哑，所讲的卡耳格语发音不正确，但意思表达得倒是够清楚。

马南再踢了他一脚。这一踢，囚犯疼痛地嗯哼一声，闭上了双眼。

“别管他了，马南，走。”

她离开彩绘室，马南咕哝着尾随。

当晚，所在地的灯火尽熄时，阿儿哈又单独爬上山丘。她从宝座殿后面的井里汲水出来装满水瓶，拿着这瓶水及一大块未发酵的荞麦扁面包，进入大迷宫的彩绘室。她把这两样东西放在囚犯刚好够得着的地方。他已入睡，动也没动。她放好东西就转身返回小屋，那一夜，她也睡得饱实安稳。

午后，她单独再去大迷宫。面包已不见，水瓶已空，陌生人背靠墙坐着，带着尘土和伤疤的脸依旧状极可怕，但表情戒慎。

她站在他正对面的角落处，男人被铁链锁着，不可能碰到她。她打量了他一下就别开脸，但这室内没什么别的东西可看。她不肯说话，好像有什么拦着她开口似的。她一颗心怦怦跳，像是害怕。其实没有理由怕他，他在她的掌控中。

“有光真好。”他说话轻柔深沉，让她心慌。

“你叫什么名字？”她蛮横地问，觉得自己的声音颇异常，格外高细。

“嗯，平常大家都叫我雀鹰。”

“雀鹰？那是你的名字？”

“不是。”

“那你到底叫什么名字？”

“我不能告诉你。你是陵墓第一女祭司吗？”

“嗯。”

“大家怎么称呼你？”

“阿儿哈。”

“‘被吞食的人’……是这个意思吗？”他的黑眼睛专注地看着她，嘴角略带微笑，“你的名字叫什么呢？”

“我没有名字。别问我问题。你是哪里人？”

“内环诸岛的人，在西方。”

“黑弗诺吗？”

那是她仅知的内环诸岛的城市或岛屿名称。

“是的，我从黑弗诺来。”

“你来这里做什么？”

“峨团陵墓在我们国人之间很有名。”

“但你是个异端，不信神。”

他摇头：“不，女祭司。我相信黑暗的力量！我在别的地方遇过‘累世无名者’。”

“在什么地方？”

“在群岛区，就是内环王国。那里也有很多地方从属于大地太古之力，那太古之力与这里一样。只是它们都不比这里的巨大，而且其余地方的太古之力都没有神庙和女祭司，也不像在这里这么受敬拜。”

“你是来敬拜的？”她嘲弄道。

“我来盗抢。”他说。

她盯着他认真的脸：“大言不惭！”

“我晓得这不容易。”

“容易？根本就不可能办到。假如你信神，你就会知道那根本是不可能的。累世无名者看顾着她们的东西。”

“我要找的东西不是她们的东西。”

“那肯定是你的东西啰？”

“我来要求她们归还。”

“这么说的话，你到底是什么，神吗？还是君王？”她上下打量他。眼前这男人疲惫地坐在地上，身子被锁链铐住，全身肮脏。“你不过是个贼！”

他没搭腔，只以目光迎视。

“你不准正面注视我！”她高声道。

“小姐，”他说，“我无意冒犯。我是个陌生人，而且是侵入者。我不懂你们这里的规矩，也不晓得谒见护陵女祭司应有的礼节。我现在不过是你手掌心的蚂蚁，如果有冒犯之处，还请宽恕。”

她立在原处，没有回应。有一刻，她觉得血液升上脸颊，热烫而可笑。但他已经没在看她，也就没见到她脸红。他早已听命望向别处。

两人不说话好一会儿。四周墙上的人形以悲伤空洞的眼神注视他们。

她带了一个装满了水的石罐。见他的眼睛一直瞟向它，好一会儿，她才说:“你要是想喝水，喝吧。”

他立刻蹒跚爬向石罐，像端起酒杯般轻松举起，一口气喝了很久。接着，他把袖子一角打湿，尽可能把脸上和手上的污垢、血渍、蛛网等擦拭干净。这过程颇花了些时间，女孩在一旁看着。擦拭完毕后，他看起来好多了，但这番打理让一边脸颊上的伤疤露了出来，那是愈合很久的旧伤疤，呈四道平行棱线，由眼睛延展至颌骨，有如被巨爪抓伤留下的痕迹，在黝黑的脸上显得很白。

“那个伤疤，”她问，“是怎么来的？”

他没立刻回答。

“是龙爪抓伤的？”她这么问道，有意嘲弄。她下来大迷宫，不就是为了取笑她的受害者，借他的无助来折磨他吗？

“不，不是龙抓的。”

“这么说，至少你不是龙主啰。”

“不对，”他颇不情愿地表白，“我是龙主没错。但这伤疤是在成为龙主以前造成的。我刚才说了，我以前在这世上别的地方遇过黑暗力量。我脸上这伤疤正是累世无名者的亲族之一留下的记号。但他已不再无名，我最后知道了他的名字。”

“你在说什么？什么名字？”

“我不能告诉你。”他说着，虽然一脸正经，却带微笑。

“一派胡言，傻瓜乱扯，亵渎神圣。她们名叫‘累世无名者’！你根本不晓得自己在说什么……”

“女祭司，我比你知道得清楚。”他的声音越加深沉，“你再仔细看一看！”他转头，以便让她确实看见横踞他脸颊的可怕记号。

“我不相信你的话。”她说，声音颤抖。

“女祭司，”他柔和地说，“你年纪不大，服侍黑暗无名者的时间不可能很久。”

“但我已经服侍很久，非常久了！我是第一女祭司，是重生者，一千年前又一千年前我就已经开始服侍我的众主母了，我是她们的仆人，她们的口，她们的手。对于玷污陵墓，看了不该看的东西的人，我也是复仇者！你别再瞎掰，也别再说大话了，难道你看不出来，只要我喊一声，我的守卫就会过来砍掉你的头？或者，要是我离开并锁上这扇门，我所服侍的那些主母就会吃掉你的筋肉和灵魂，把你的骨头留在这些尘土中？”

他默默点头。

她结结巴巴，发现已无话可说，便“咻”地冲出房间，“砰”地用力拉上门闩。就让他以为她不再回来好了！让他在黑暗中冒汗，让他大肆咒骂并颤抖，然后拼命努力施展他那些不洁、无效的魔法！

但在她心里的眼中，却看见他舒展而眠，一如先前在铁门边时那样，宛若绵羊躺在阳光和煦的草坪上，那么安详超然。

她在闩好的门上吐口水，画上去除不洁的记号，然后跑步般迅速返回墓穴。

一路曲曲绕绕返回宝座殿活板门的途中，她以手指贴拂墙面优美的岩石花纹，感觉它们好像凝结的花边。她全身上下扫过一股渴望，想点燃灯笼，再看看那些时间打造的岩石，再瞧瞧墙上美丽的闪光，只要看一眼就好。但她闭紧双眼，继续快步行进。

第七章

大宝藏室

THE GREAT TREASURE

过去在日常祭典仪式中担纲尽职，好像不曾像今天感觉这么繁冗、琐碎、漫长。一个个面容无光、举态鬼祟的小女孩，一个个躁动不安的见习生，一个个外表严峻冷酷的女祭司——她们的人生是谜样综合体，集嫉妒、苦恼、狭小抱负与薄弱热情于一身——这些女子日日与她为伍，构成她所知的人世，这时竟显得可怜又可厌。

但服侍巨大力量的她、身为恐怖黑夜女祭司的她，不会变得心胸狭窄。她不用操心日常生活的劳形苦役。在这里，只要比旁人多拿点肥油浇在盘中扁豆上，就值得高兴老半天。但她完全不必过那种日子。地底没有白天，那里始终只有黑夜。

而在那无止无尽的黑夜里，那个黝黑的男囚犯，那个幽暗技艺的操持者，被绑在固定于岩石内的铁链中，等待着不知来不来的她，等待着她带水、面包和生命去给他——或是带刀、屠夫碗和死亡，都视她一时念头而定。

除了柯琇以外，她不曾告诉别人有关囚犯的事，柯琇也没再告诉别人。现在，他已经在彩绘室待了三天三夜，柯琇却压根儿没向阿儿哈问起。也许她认定囚犯早死了，认定阿儿哈已吩咐马南把尸体拖进骸骨室。尽管柯琇不像是那种凡事认为理所当然的人，但阿儿哈告诉自己，柯琇默不吭声一点也不奇怪，她希望每件事都隐秘不宣，她也不喜欢问问题。加上阿儿哈告诉过她别插手管第一女祭司的事，所以柯琇只是完全服从指示罢了。

然而，那男人既然已经死了，阿儿哈就不能吩咐人为他准备食物，所以除了从大屋地窖偷点苹果和洋葱干以外，其余只好自己设法。她假装想单独进餐，命人把早餐和晚餐送到小屋，但她自己只喝汤，等到夜里就把其余食物送进大迷宫的彩绘室。她早已习惯一次禁食一天甚至四天，所以不认为这有什么问题。大迷宫里那个家伙把她带去的面包、奶酪和豆子吃个精光，虽然分量不多，但着实像青蛙吞食苍蝇，啪！转眼一干二净。很显然，他还能吃上五六份；但他郑重向她道谢，有如他是客人，而她是女主人，为他准备了传闻中在神王宫殿举行的豪宴，满席烤肉、奶油面包，还有盛于水晶杯中的美酒。

“告诉我内环岛屿那边的生活情形。”

她带了一张椅脚交叉的象牙制折叠小凳子下来，对囚犯问话时就不须站着，也不用坐在地上与他齐平。

“唔，那里有很多岛屿。人家说，单是群岛区的大小岛屿就有四的四十倍那么多，群岛区之外还有四个陲区，但没有人航遍四陲区，也就没法计算总共有多少岛屿。每个岛屿各自不同，其中最可观的可能首推黑弗诺，它是世界中心的最大岛。这座大岛的中心有宽阔海湾泊满船只，那是黑弗诺城。全城塔楼都用白色大理石建造，每个亲王和商人的房子都加建塔楼，满城塔楼高低错落。房舍屋顶铺了红砖瓦，运河桥梁都有红、蓝、绿相杂的镶嵌画。亲王的旗帜有各种颜色，飘扬在白色塔楼上。其中最高一座塔楼悬挂着‘厄瑞亚拜之剑’，形成一座朝天小尖塔。太阳升起时，那里最先迎接阳光，剑身映着日照闪闪发光；太阳下沉时，那把剑依旧会在暮色中绽放金光一小段时间。”

“厄瑞亚拜是什么人？”她心照不宣地问道。

他举目注视她，没说什么，但微微一笑，继而想通似的说：

“你们这里确实可以耳闻一点他的事迹，但大概只知他来过卡耳格四岛。你对那个故事了解多少？”

“我知道他失去他的巫杖、护身符与力量，就和你一样。”她回答，“后来他躲过打败他的高等祭司，逃到西方，最后被龙杀了。其实，他如果逃进陵墓这里，就不须劳驾那些龙了。”

“这倒是真的。”她的囚犯说。

她察觉厄瑞亚拜是个危险话题，想就此打住：“人家说他是龙主。你说你也是。那你告诉我，龙主是什么？”

她询问的口气带着奚落嘲弄，但他的回答都直率明确，好像深信她的问题不带恶意。

“‘龙主’是龙肯对谈的人。”他答道，“或者至少得达到这一点。倒不是像多数人所想的运用什么妙计或骗术去驭龙，因为龙根本不受驾驭。关键不外乎，碰到龙时，他是肯同你说话，或是想把你吃掉。假如你有把握让他采取前一种行动而放弃后一种，你就是龙主了。”

“龙会说话？”

“当然！他们讲的是最古老的语言，也是我们施展幻术和形意法术时运用的语言，我们学得非常辛苦，也大多运用得残破不全。从没有人把那种语言学齐全，甚至连十分之一都不到。人类没有时间学，但龙可以活千岁……因此你大概不难想象，他们是值得交谈的对象。”

“峨团岛这里有龙吗？”

“我想，已经消失好几世纪了吧，卡瑞构岛也没有龙。但据说在你们帝国最北边的胡珥胡岛深山里还有很多巨龙存在。至于内环岛屿，他们现在都群居在最西边，就是遥远的西陲区那些没人居住也少见人迹的岛屿。他们饥饿时会飞到东边岛屿掠食，但那种情况不多。我去过一座岛屿，看到群龙聚集在那儿飞舞，他们张开巨大翅膀盘旋，有如秋天黄叶飞扫，在西方海洋的上空节节高飞。”这幅景象历历在目，他两眼凝神，似乎穿透了暗沉沉的壁画，透视了墙壁、土地与黑暗，见到一望无际伸向落日的开阔海，见到了在金黄风烟中翻腾的金龙。

“你骗人，”女孩厉声道，“你瞎编。”

他惊异地注视她：“为什么我要说谎，阿儿哈？”

“好让我感觉自己像个笨蛋，又蠢又胆小；好让你变成智者，勇气十足，有力量，又是个龙主，又这个又那个。你看过龙舞，见过黑弗诺的白色塔楼，你样样都晓得；而我一无所知，什么世面也没见过。但你所说的全是骗人的！你什么也不是，只是个窃贼兼囚犯，你甚至没有灵魂，永远别想离开这地方。到底有没有海洋、龙、白色塔楼那些东西都没关系，反正你再也见不到它们，甚至连阳光都别想再瞥到一眼。我只知道黑暗这个地底黑夜，但说到底它真实存在，只要知道它就够了。寂静与黑暗。巫师，你什么都懂；而我只知道一件事，但这是真实的一件事！”

他低下头，两只铜褐色长手静置膝头。她又看见他脸颊上的四道伤疤。他比她更深入黑暗，就连死亡，他也比她更了解……一股因他而起的怨气突然涌上心头，瞬间卡在她喉咙。为什么他坐在那里，一无防卫，却又那么强壮？为什么她没法打击他？

“我让你活下来，”她突然脱口而出，丝毫没经事先考虑，“是想瞧瞧术士的把戏是什么样子。只要你露些把戏给我看，就可以继续活下去。要是你什么也不会，只会耍些骗术愚技，我只好把你解决了，明白吗？”

“明白。”

“很好，开始吧。”

他将头埋进手中片刻，并动了动姿势。那个铁圈使他怎么都不舒服，除非躺平。

最后他抬头，一脸严肃说：“阿儿哈，你听我说，我是个法师，也就是你们所称的巫师术士。我是有些技艺和力量，那是真的。但在这个太古之力的聚集之处，我的力气很小，而且技法不听我使唤，这也是真的。我虽然能替你表演一下幻术，让你见识各种奇景，但那是巫道最微末的部分。我小时候就会玩幻术了。我甚至可以在这里操作那些幻术，不成问题；关键是，如果你相信那些幻术，你会觉得害怕，那种恐惧倘若转成愤怒，你可能会想把我杀掉。但如果你不相信那些幻术，你会认为它们只是骗术愚技，就像你刚才说的。结果呢，我还是会丧命。但此时此刻，我的目标和欲望是继续活下去。”

这番话让她不由得笑起来，她说：“噢，你会活一阵子的，难道你看不出这点？真笨哪！好了，让我看看那些幻术。我晓得它们是假的，不会害怕。就算它们果真不假，我也不会害怕。你尽管开始吧。你宝贵的皮囊暂时还很安全，至少今晚没问题。”

听了这话，跟她刚才一样，他也笑了。两个人把他那条命当成球似的玩着，丢过来抛过去。

“你希望我表演什么给你看？”

“你能表演什么？”

“什么都能。”

“真会吹嘘！”

“不，我不是吹嘘，”他说着，显然有点被刺伤，“不管怎么说，我没有自夸的意思。”

“露几手你认为值得看的，什么都行！”

他低头注视两只手一会儿。没出现什么。她灯笼里的兽脂蜡烛稳定地燃放微光，墙上暗沉画中那些长了鸟翼但不会飞的人形，张着暗红白色眼睛虎视眈眈盯着他们俩。四周没有一丝声响。她失望地叹口气，甚至有点悲伤。他太虚弱了，只会讲大话，什么也变不出来。他什么也不是，不过是个擅长说谎的人，甚至连个高明的窃贼都称不上。“算了。”她终于说，并拉起裙子准备站起来。她移动时，羊毛衣裙发出奇怪的窸窣轻响。她低头看，惊诧地站起身。

她穿了好几年的厚重黑衣裙不见了，换成一袭天蓝色丝质礼服，明亮柔和，有如傍晚的天空。礼服自腰部鼓胀成钟形，裙子部分用银色细线镶满小珍珠和细水晶，放出柔和的光芒，宛如四月雨。

她哑然注视眼前的魔术师。

“你喜欢吗？”

“这——”

“有一次我在黑弗诺新宫殿举行的日回宴上看见一位公主，她身上的衫裙很像这套。”他说着，一边满意地打量那袭衣裳，“你要我展示些你认为值得看的东西。我让你看你自己。”

“把它——把它弄掉。”

“你给了我你的斗篷，”他责备似的说道，“我也总得回报你一下吧。行了，别担心，这只是幻象，瞧！”

他一根手指也没动，也确实一个字都没说，但那袭华丽的蓝丝衣裳不见了，她身上依旧是粗布黑衣衫。

她呆立了一会儿。

“我要怎么知道，”她终于说，“你就是外表看起来的那个人？”

“你不需要这么做，”他说，“我不知道对你而言我看起来像什么。”

她又沉思起来。“你可能骗我，骗我相信你是……”她中断话语，因为他突然举手向上指，动作非常迅速。她以为他在施法术，连忙快步向门口退却；但她随他手指的方向看上去，看到高处漆黑圆拱屋顶上的小方块，也就是双子神殿宝物间的侦窥孔。

那个侦窥孔没透出光线，她什么也看不见，也听不出上边有人；然而，他指出那个小洞，还用疑问的目光注视她。

两人屏息静立良久。

“你的魔术只是骗小孩的笨玩意儿。”她清楚说道，“全是骗人把戏。我看够了，你将被送去喂累世无名者，我不会再来了。”

她拿起灯笼走出去，并大声拉好铁门门闩。之后，她站在门外，心慌不已。接下去该怎么办？

柯琇看见或听见多少？刚才他们谈了些什么？她想不起来了。好像原本想对这囚犯说的话，一个字都没提。那个人大谈龙、塔楼，还替无名者取名字，他提到想活下去，也感激她给他斗篷躺，等等，他讲话总是让她心慌意乱。他没提到她猜想他会说的话，她也没问他有关那个护身符的事。那个护身符她还戴着，藏在胸前。

既然柯琇一直在偷听，或许没问起护身符反倒好。

喏，又有什么关系，柯琇能做出什么有害的事呢？她这样自问时，内心已有答案：要杀死一只被关的老鹰再容易不过了。那男人被锁在石笼中，一筹莫展。神王女祭司只要派她的仆人杜比趁夜去把他掐死就行了；或者，如果她和杜比不晓得大迷宫的路径，只要从侦窥孔把毒灰吹进彩绘室就够了。她有很多盒那种邪毒，瓶瓶罐罐，有的可掺在食物里，有的可和在饮水中，还有的可产生毒气，只要吸入那种空气够久，必死无疑。那囚犯可能明天早晨就没了心跳，到时这件事就告终，墓穴里永远不再有光亮。

阿儿哈想到此，快步穿过狭窄岩道走到墓穴入口。马南在这儿，像只老蛤蟆蹲伏在黑暗中等她。由于阿儿哈数度去看囚犯，马南深感不安，而她又不肯让他同行，所以两人协议让马南在入口处等候。现在她很高兴他就在那儿，可以就近差遣；至少她可以信赖他。

“马南，仔细听。你现在立刻去彩绘室对那囚犯说，你要把他带去活埋在墓穴底下。”马南的小眼睛一亮，“你要大声说。说完就解开铁链，带他去……”她停了话，一时拿不定主意藏匿囚犯的最佳所在。

“带他去墓穴。”马南热切地说。

“不是，傻瓜。我只是要你那样说，可不是真要你那么做。等一等……”

哪个地方安全，可以躲过柯琇和柯琇的密探？只有地底那些最深的地方才安全，也就是无名者辖域中最神圣、最隐秘的地方，柯琇或许不敢去。然而，柯琇不是几乎什么都敢吗？她或许怕黑暗的地方，但她是那种会压抑畏惧、不达目的不罢休的人。过去这么多年，从萨珥，从前世阿儿哈，或甚至从自己的暗自探索中，柯琇到底摸熟多少迷宫路径，这点无从得知。阿儿哈怀疑柯琇知道的比她假装知道的多。但有一条保密周全的秘密通道，柯琇肯定还无从知晓。

“你得带着那名囚犯跟我走，而且得摸黑走。等我带你回来这里时，你再去墓穴里掘个坟，放口棺材进空坟后把泥土填好。要做到有人去找的话，可以找得到那座坟。坟要掘得深，懂吗？”

“不懂。”马南顽固而焦躁地说，“小人儿，这种策略不聪明。很不好。根本不该有男人在这里面！会遭惩罚的——”

“你这老笨蛋，想被割掉舌头吗？胆敢指示我怎么做事？我遵从黑暗力量的指令，你要遵从我！”

“对不起，小女主人，对不起……”

他们返回彩绘室。抵达后，她在外面隧道等候，马南走进去，从墙上锁扣解开铁链。她听见男人低沉的声音问：“要去哪儿，马南？”而沙哑男高音不高兴地答道：“我女主人说，要把你活埋在墓碑底下的墓穴。起来！”她听见沉重的铁链哐当响，有如鞭子。

囚犯出来了，两只手臂被马南用皮带绑着。马南跟在后面拉着他，看起来像用短皮带牵小狗，只不过项圈是围在腰间，而皮带是铁制的。男人眼光转向她，但她吹熄烛火，未发一言即开步行入黑暗。她马上像先前没带灯火进入大迷宫时那样，踩着一贯缓慢但稳健的步伐，并一路用指尖轻拂两边墙壁。跟在后头的马南和囚犯因受铁链限制，走来比她笨拙多了，只能拖拉着蹒跚前进。但是，非让他们摸黑行走不可，她不想让他们任何一个认得路。

出了彩绘室左转，经过两道开口，接着在四岔道右转，再经过右边一道开口；然后是一段冗长的侧弯路，之后是一段下行的长台阶。这台阶很滑，对一般人的脚而言又太窄了。她以前最远就只走到这段台阶的尾端。

这里的空气较为浊臭，感觉滞塞，还带有呛鼻气味。但她清楚方向，就连萨珥当初讲述的音调，她也清楚记得——走完台阶（她听见背后囚犯在漆黑中绊了一跤，以及马南用力拉扯铁链让他站起来时的大口喘息声），到阶底时立刻左转一直走，经过三道开口后右转直走。隧道都侧弯且向某一面倾斜，没有一条呈直线。“接着要走‘巨坑’的边缘，”萨珥的声音在她脑子的黑暗中说，“那道边缘路很窄。”

她放慢脚步，弯腰，伸出一只手触摸路面。隧道由此直行一大段，带给走动者错误的确定感。突然间，她那只不停在前方摸索岩面的手什么也没摸着。起先还有道岩石边缘，再过去便一片空无。右边，隧道的岩面往下直垂坑底，左边则有道凸出的长条磴道，只有人的一个手掌那么宽。

“注意这里有个巨坑。面向左边墙面，紧贴岩石侧走，用脚滑行。马南，拉紧铁链……你们都在磴道上吧？这磴道会越来越窄，别把重量放在脚后跟。好，我越过巨坑了，把手伸过来给我，来……”

这段隧道呈短促的“之”字形伸展，还结合了许多侧开口。他们经过某些开口时，脚步声引来怪异的空荡回响；更奇怪的是，可以感觉到一丝向内吸的微弱气流。那些侧开廊道的尽头一定都是他们刚通过的那种巨坑。或许，在大迷宫这个低洼地带有个凹洞，是个深邃的巨无霸洞穴，相较之下墓穴实在微不足道。也许那还是个朝下通往虚无的大黑洞。

但巨坑上方就是他们正进入的漆黑隧道，上下左右越来越低窄，到后来连阿儿哈都得低头弯腰。这条路没有尽头吗？

尽头乍然出现，是一扇紧闭的门扉。阿儿哈俯身靠过去，由于速度稍急了些，头和手都撞了一下。她先摸到钥匙孔，接着在腰带铁环中摸索那把从没用过的小钥匙，那把钥匙柄呈龙形的银色钥匙。没错，正是这把，转得动。她开启了峨团陵墓大宝藏室的门。一股干枯、冲鼻、不流通的空气穿过黑暗向外叹了口气。

“马南，你不可以进去，你在门外等。”

“他能进去，我不可以？”

“马南，你要是进这房间，就不能出来了，这条戒律是针对除我以外的所有人。除了我，其他凡俗之躯都不能活着走出这房间。你要进去吗？”

“我在外面等。”忧郁的声音在黑暗中说道，“女主人，女主人，别关门喔——”

马南的警戒使她胆怯至极，她让门半开半闭。这地方真的让她充满迷茫的恐惧，而那囚犯虽然被绑着，她仍有几分不信任。一进到门内，她马上点燃灯火。她两手发抖，加上这里空气密闭不流通，灯笼的蜡烛好不容易才点着。但长程摸黑走下来，即使昏黄的小烛火也显得明亮；在这烛火映照下，大宝藏室里满布晃动的影子，阴森森压迫着他们。

室内共有六口大箱子，全用岩石打造，都积了一层厚灰，像面包上生长的霉。而除了石箱，室内一无所有。墙壁粗糙，屋顶低矮。这地方很冷，那种没有空气而深透骨子的冷，使心脏血液似乎停止流动。没有蛛网，只有灰尘，因为没有任何生物在此存活，完全没有，连大迷宫里那种罕见的白色小蜘蛛都没有。灰尘很厚很厚，而每颗尘粒或许正代表此处无时间无光明之下所经过的每一天。日月年岁全部化为尘埃。

“这就是你要找的地方，陵墓大宝藏室。”阿儿哈的声音没有颤抖，“但你进来后，就永远出不去了。”

他未发一语，面容宁静，眼里却含了些令她恻动的东西：一种被人背叛的神情，凄怆悲凉。

“你说你想活着，这里是我仅知能让你继续活下去的地方。雀鹰，柯琇早晚会杀掉你，不然就是叫我杀掉你。但她到不了这里。”

他依旧没说半句话。

“不管怎样，你永远别想离开这陵墓了，这一点你难道没想通吗？不过也没差别，反正你已经进来了……来到你旅程的终点。你要找的东西应该就在这里。”

他在一口大石箱上坐下，神色疲惫。拖曳的铁链碰到岩石，发出刺耳撞击声。他先环顾暗墙和阴影，而后看着她。

她把脸别开，转向石箱。她一点也不想打开石箱，箱内到底装了什么神奇物品，她完全不在意。

“在这里面你不用戴铁链。”她走过去打开铁皮带的锁，也解开马南系在他手臂上的皮带，“我必须锁门，但我来时会信任你。既然你知道无法离开，就别尝试好吗？我是她们的复仇者，我按她们的旨意行事，要是我让她们失望，也就是假如你辜负了我的信任，她们会亲自报仇的。你可别为了离开这房间而趁我来时伤害我或骗我。你一定要相信我。”

“我会遵照你的话去做。”他温和地说。

“一有机会，我就会带些食物和水来给你，量不会多。水倒是一定够，食物暂时没法子太多，但会够让你维持生命；我愈来愈饿了，你明白吗？我得先引开柯琇的注意，可能一两天内没办法回来，说不定更久一点。不过，我会回来的，我保证。这水瓶拿去收好，我不能很快回来，但我会回来的。”

他仰脸看她，表情奇异，说：“保重，恬娜。”

第八章

名 字

NAMES

她摸黑带领马南回头穿越那些蜿蜒曲折的隧道，并留他在墓穴的黑暗中掘坟。坟墓必须掘在那里，好向柯琇证明，那名窃贼确实已受处分。时候已晚，她直接回小屋就寝。夜里她突然醒来，想起自己那件斗篷遗忘在彩绘室。那么他待在那个湿冷地底洞穴，除了自己的短斗篷，没有东西保暖，而那儿除了布满灰尘的岩石，可没床铺。她脑子凄惨地回荡着："冰冷的坟，冰冷的坟……"却因身子太疲劳而没能完全清醒，很快又沉入睡眠，并开始做梦。她梦见彩绘室墙上的亡魂，就是那些看起来好像大鸟但有人类手脚与脸孔的形体，蹲在暗室内的尘埃上。它们没办法飞，饿食泥土，渴饮灰尘。它们是无法重生者的亡魂，是被累世无名者吞食的古代人和渎神者。他们蹲在她四周的阴影中，偶尔发出轻微吱喳声。其中一个起身靠近她。她起初很害怕，想后退却无法动弹。那个靠过来的亡魂没有人脸，只有鸟面，头发是金色的，它用女人的声音轻轻柔柔呼唤："恬娜，恬娜。"

她醒了，嘴巴塞满泥土。她躺在地底下一座石坟里，双臂双腿被寿衣捆住，没法移动，也不能言语。

她的绝望增大到冲破胸膛，瞬间像火鸟粉碎岩石，冲进天光中——天光，正是她那间没有窗户的房里的微弱天光。

这次真的醒了，她坐起来，由于一夜噩梦无数而十分倦怠，脑子也迷迷糊糊。她穿好衣服，走进围墙庭院里的贮水池边，把手臂和整个头浸入冰水，直到冷得血液流窜而跳起来。然后，她把湿淋淋的发丝甩到脑后，站直身子，仰望清晨天空。

那是个晴朗的冬日，日出未几，微黄的天空非常清朗，一只可能是秃鹰或沙漠鹰的鸟儿在高空盘旋，它迎着阳光越飞越高，宛如一小颗黄金在天上燃烧。

"我叫恬娜。"她站在阳光遍照的开阔天空下说着，声音不大，身体因寒冷、恐怖与欢喜而颤抖，"我的名字找回来了。我叫恬娜！"

那一小颗黄金转向西方朝群山飞去，消失了踪影。小屋屋檐被阳光镀了金。山坡下羊栏传来羊铃叮当，柴烟味和荞麦粥的香味由厨房烟囱传出来，飘浮在清新美妙的微风中。

“我好饿……他怎么晓得？他怎么晓得我的名字？……噢，我得去吃点东西，肚子好饿……”

她拉起帽兜，跑着去吃早餐。

经过半断食的三天，刚下肚的食物在心头垫了块基石，她稳定多了，不再那么惊慌、兴奋，也不那么害怕了。吃完早餐，她觉得相当有把握能应付柯琇。

步出大屋餐厅途中，她追赶着走到那个高大肥胖的身形旁，低声说：“我已经把那个强盗解决了……今天天气真好呵！”

一双冰冷灰眼由黑帽兜里斜眼瞧她。

“我以为每献祭一条人命，第一女祭司要禁食三天。”

这是真的，阿儿哈忘了。她的脸孔露出忘记的表情。

“他还没死，”她只好这么说，并努力装出刚才那种随口而出的淡然语调，“他被活埋在陵墓底下一口棺材内，棺材是木制的，没封死，里面有些空气，他会慢慢才死。等我知道他确实死去时，我会开始禁食。”

“你要怎么知道他死了没？”

惊慌狼狈之余，她再度支支吾吾：“我会知道的。那个……我的主母会告诉我。”

“原来是这样。坟墓在哪儿？”

“在墓穴。我叫马南在那块‘平滑石’墓碑底下掘坟。”她实在不必回答得那么快，用的又是想安抚人的笨拙语调。与柯琇谈话，她应该保持尊严。

“活埋在木棺材里。女主人，这样子处决术士是危险的做法。你有没有确实塞住他嘴巴，好让他没法施咒？有没有把他两只手绑起来？就算舌头被割掉，他们只要动一根手指就能编构法术了。”

“这个术士一点本事也没有，只会唬人罢了。”女孩提高嗓门说，“他已经埋了，我的众主母正等着接收他的灵魂。其余不关你的事，女祭司！”

这回她讲过了头，其他人都能听见；潘姒、杜比、女祭司梅贝丝，以及另外两名女孩，全在听力可闻的距离内。女孩们全拉长耳朵，柯琇注意到了。

“女主人，这里发生的事都与我有关。在神王领地发生的所有事情都与不朽的神王有关，我则是他的仆人。就算得进入地底和人心，他照样叩寻视察，任何人都不该禁止他进入！”

“我会禁止。只要累世无名者禁止，没人可以进入陵墓。累世无名者在你的神王出世前就存在了，就算他有朝一日崩逝，她们仍会继续存在。女祭司，提到累世无名者时，请你和气些，别惹她们来向你寻仇。当心她们进入你的梦中，进入你心房的黑暗角落，末了让你发疯。”

这女孩两眼宛如在燃烧，柯琇的脸缩进帽兜暗影中，潘姒和别的女孩在一旁畏怯不解地观看。

“她们太古老了，”柯琇的声音不大，像从帽兜深处吹送出来的一丝气息，“她们太古老了，大家早已忘了崇拜她们，只剩下这地方还行礼如仪。她们的力量已消失，现在只不过是阴影罢了。被食者，别想吓唬我，她们早就不再有力量。你是第一女祭司，这岂非意味你也是最后一个……你骗不了我，我看透了你的心。黑暗瞒不了我什么事。保重，阿儿哈！”

柯琇说完转身就走，穿着皮绑鞋的沉重双脚从容大步踩压结霜杂草，一路走向白柱之屋神王庙。

女孩瘦弱的阴暗身影兀立在大屋前院，仿佛冻结于大地内。没人移动，没任何东西移动。放眼望去，山丘、沙漠平原、群山、神庙、庭院，大片广袤中只见柯琇走动。

“但愿黑暗无名者吃掉你的灵魂，柯琇！”她嘶喊，声音有如老鹰洪啼。柯琇已步上神王庙的台阶，女孩仍猛力挥出一只臂膀，把“诅咒”抓下来往柯琇沉重的后背抛去。柯琇摇晃一下，但没停步，也没转身，继续爬上台阶，步入神王庙的大门。

那一整天，阿儿哈呆坐在空宝座最底下一级台阶上。她不敢进大迷宫，也不想去和别的女祭司待在一起，心头的那份沉重，使她一直坐在大殿内寒冷的昏暗中，任一个时辰又一个时辰流逝。她凝望成排延伸到大殿远处幽暗尽头的一对对粗大白柱，她凝望从屋顶破洞斜射进来的一道道光线，她凝望宝座近处那青铜三脚盅冒出的袅袅青烟。她低头用大理石台阶上的老鼠细骨头排形状。她的脑子在活动，却又好像迟钝得很。“我是谁？”她自问，但没有答案。

马南从双排柱中间拖着脚步走过来。天光不再斜照进来已多时，殿内的黑暗和寒冷都增强了。马南苍白的脸非常悲伤。他站在离她有点距离的地方，两只大手下垂，旧斗篷破了的褶边悬在脚跟旁。

“小女主人。”

"什么事，马南？"她带着淡淡的感情注视他。

"小人儿，让我去做你先前所说的事吧……我已经做好你吩咐的事了。他必须死，小人儿。他蛊惑了你，柯琇会报仇的。她年老而残酷，你太年轻，还没有足够的力量。"

"她伤害不了我。"

"她如果在大庭广众前杀了你，全帝国没有人敢处分她，因为她是神王的高等女祭司，而当今帝国统治者是神王。但她不会公开杀你，她会偷偷进行，趁夜下毒。"

"我会重生。"

马南的两只大手扭绞在一起，他小声说："或许她不会杀你。"

"怎么说？"

"她可以把你关在——底下——某个房间里……就像你处置那名囚犯一样。你可能会一年一年地活下去。一年又一年，结果，因为你没死，也就不会有新的女祭司重生。陵墓会失去第一女祭司，黑月之舞也不会再跳了。没有牺牲献祭，没有洒鲜血，黑暗无名者的敬拜活动可能永远被遗忘。柯琇和她的神王会喜欢那种结果。"

“她们会放我自由，马南。”

“小女主人，她们仍旧生你的气时，不会放你自由的。”马南唏嘘说道。

“生气？”

“因为他的缘故……亵渎神圣的罪没有偿。噢，小人儿，小人儿！她们是不饶恕人的！”

她坐在最底层台阶的尘土间，低着头，双眼注视掌心内的小东西，一颗小小的老鼠骷髅头。宝座上方椽木上的猫头鹰骚动了一下，四周因向晚而愈来愈暗。

“你今晚别去大迷宫，”马南徐缓道，“回你的小屋睡觉去。明天早晨去找柯琇，告诉她你已经取走对她的诅咒。这样就好了。你用不着担心，我会让她看到证据。”

“证据？”

“就是那个术士已死的证据。”

她静坐不动，但慢慢合起手掌，那脆弱颅骨“咔吧”粉碎。再张开手掌时，掌心只余骨头碎屑。

“不行。”她说着，拍掉掌心碎屑。

“他非死不可。他对你施法术，害你迷失了，阿儿哈！”

“他没有对我施任何法术。马南，你年纪大胆子小，你被老女人吓坏了。你到底怎么想的，居然说你会去找他，把他杀了，以便获得‘证据’？昨夜你摸黑随我走，弄清楚去大宝藏室的路径了吗？你算得清转弯数，走得到那段阶梯，通得过巨坑，有办法到达门口吗？你打得开那道门的锁吗……啊，可怜的老马南，你昏头了。她真的吓着你了。现在你回小屋睡觉，忘了这些事吧，永远别再用死亡论调来烦我……我随后就来。去吧，去吧，老傻瓜，老憨伯。”她起身轻推马南宽阔的胸膛，又拍又推催他走，“晚安，晚安！”

尽管预感到阿儿哈想做什么，尽管万般不情愿，马南还是顺从地转过沉重的身躯。破屋顶和大柱子昂然在上，他蹒跚着踅过长厅。她看着他离去。

不见马南的背影良久之后，她转身绕过宝座高台，消失在其后的黑暗中。

第九章

厄瑞亚拜之环

THE RING OF ERRETH-AKBE

在峨团陵墓的大宝藏室，时间静止不动。没有光亮，没有生命，甚至不见蜘蛛在尘沙中爬行，也不见小虫在冷土里钻动。只有岩石，只有黑暗，时间静止不动。

从内环岛屿来的那窃贼，宛如坟上雕像般平躺在一口大石箱的石盖上。他一直躺着没动，初来时所扬起的灰尘早在他衣服上落定。

门锁“咔嗒”一响，门打开了。光线划破死寂的黑暗，一丝稍微新鲜的穿堂风扰动室内沉滞空气。男人仍躺着，但提神警戒。

阿儿哈关上门，由内锁好，接着她把灯笼放在一口箱子上，缓缓走近那静卧不动的身躯。她畏畏怯怯，两眼圆睁，由于在黑暗中长程跋涉，瞳仁依旧完全放大。

“雀鹰！”

她轻碰他肩膀，再叫一次名字；不见反应，再叫一次。

他这才动了动，嗯哼出声，好不容易才坐直起来，但面容扭曲，目光空虚，虽注视她却认不出是谁。

“是我，阿儿哈——恬娜。我带水来给你。喏，喝吧。”

他伸手探寻水瓶，瞎摸的样子好像两只手都麻木了。他拿到水瓶后喝了一会儿，但没有大口大口灌。

“多久了？”他问道，出声似乎很困难。

“自从你进来这房间有两天了。现在是第三天晚上。我没办法早点来。食物也得用偷的，喏——”她从带来的袋内取出一条扁平灰面包，但他摇头。

“我不饿。这——这里真是个死域。”他把头埋进两手，坐着不动。

“你冷吗？我去彩绘室拿了那件斗篷来。”

他没有回答。

她放下斗篷，站着凝视他，有点发抖，暗淡的双眼依旧睁得很大。

突然，她两膝一曲，伏在地上哭起来。深切的抽噎撼动她身体，但眼泪流不出来。

他僵硬地爬下箱子，弯腰俯视她："恬娜——"

"我不是恬娜，我不是阿儿哈。诸神死了，诸神死了。"

他两只手放在她头上，把帽兜向后推，开始说话。他的声音柔和，所用的语言她不曾听过，但那些话音宛如雨水滴入她心田，她渐渐平静下来聆听。

等她完全平静，他把她抱起来，如对待小孩般将她放在刚才他躺卧的石箱上，一手轻握住她双手。

"恬娜，你为什么哭？"

"我可以告诉你。告诉你没关系，但你帮不了忙，你无能为力。你也快死了，不是吗？所以无所谓，什么事都没关系了。柯琇，就是神王女祭司，她生性残酷，一直逼迫我像杀掉其他囚犯那样杀掉你。但我不肯。她有什么权力要我那样做？我诅咒她，因为她藐视累世无名者，她讥笑她们。但诅咒她以后，我一直很怕她，马南说得对，她不信神，她希望神被大家遗忘，她会趁我睡觉时杀掉我。因为担心，我没睡，也没回小屋。昨晚一整夜，我都待在宝座殿阁楼上存放舞衣的房间。天色大亮前，我跑去大屋厨房偷了些食物，然后走回宝座殿又待了一天。我努力想找出对策。而今晚……今晚实在太累了，我以为可以找个神圣的地方安睡，找个柯琇害怕的地方。我下到墓穴，就是我头一回看见你的那个大洞穴。结果……结果她居然在那里。她一定是从红岩门进去的，她带了一只灯笼，正在扒挖马南所掘的坟，好瞧瞧里面有没有死尸。她就像在坟场挖土的老鼠，还是只肥大的黑老鼠。烛火在那个神圣的黑暗地方燃烧，但累世无名者没有任何表示，她们没有杀掉她或逼她发疯。就像她说的，她们太古老了，她们死光了，全部消失了。我再也不是女祭司了。”

男人站着细听，一只手仍放在她双手上，头微低。从脸孔与站姿来看，他恢复了点元气，虽然脸颊上的伤疤仍是铅灰色，衣服和头发也还沾着灰尘。

“我避着她穿过墓穴。她的烛火不亮，投射的阴影多于光照，而她也没听见我走过的声音。我想走进大迷宫好摆脱她，但进了大迷宫后，好像一直听见她在跟踪我。穿越一段又一段隧道，我始终听见有人跟在我后头。我不晓得该去哪儿。我原以为这里安全，原以为我的众主母会保护我，守护我。但她们没有！她们消失了，她们死了……”

“你是为她们哭泣——是为了她们的死而哭泣吗？但她们在

这里，恬娜，在这里呀！”

“你怎么知道？”她不太热切地问。

“自从我踏进墓碑下方这个洞穴，每一刻都得努力平抚她们，让她们察觉不出有人来这里。我全部技能都用来忙这件事，我花力气把全部隧道布满无穷无尽的法术网，包括各种催眠、平定或隐匿术，但她们仍然半睡半醒，仍然觉察到我的存在。光是这样抵御她们，我就筋疲力尽了。这真是个最可怖的地方。单独一人在这里真的半点希望也没有。你刚才给我水喝时，我就快渴死了；不过，解救我的不单单是你带来的水，还有那施予水的两只手的力量。”说到这里，他把她的手心转朝上，凝视片刻；接着他转身在室内走了几步，又在她面前停住。她什么话也没说。

“你真的认为她们死了？你心里最清楚不过，她们是不死的，她们就是黑暗，是不会死的；她们痛恨光明，痛恨我们人世短促但闪耀的光明。她们不朽，但她们不是神，从来都不是。她们不值得任何人类崇拜。”

她两眼沉重地静听，目光停伫于烛火摇曳的灯笼。

“到现在为止，她们给了你什么，恬娜？”

“什么也没给。”她喃喃道。

“她们没东西可给。她们没有创生的力量，她们的力量只用来蒙蔽光明，泯灭生机。她们无法离开这地方，她们就是这地方，而这地方应该留给她们。人们不应否认或遗忘她们，但也不该崇拜她们。这世界美丽、光明又慈爱，但这不是全部。这世界也同时充斥恐怖、黑暗和残酷。青青草坪上兔子哀鸣死去，山脉捏紧它们藏满火焰的大手，海洋有鲨鱼，人类眼里有残酷。只要有人崇拜这些东西，并在她们面前屈尊降格，那里就会孕育出邪恶，就会产生黑暗汇集所，将那里完全让渡给我们称为‘无名者’的力量辖制。无名者即黑暗、毁灭和疯狂，是这世界古老的神圣力量，先于光明存在……我认为她们很久很久以前就把你们的女祭司柯琇逼疯了；我认为她逡巡这些洞穴，一如逡巡‘自我’的迷宫，时至今日，她再也无法见到天日。她告诉你累世无名者已死，别信她，只有迷失了真理的心灵才相信这种话。无名者确实存在，却不是你的主人，从来都不是。你是自由的，恬娜，她们教导你当奴隶，但你已经冲破束茧获得自由了。”

她一直在听，虽然表情始终没有变化。他没再说什么，两人都沉默，但这时的寂静与她进来前这室内原有的寂静不同。这时的寂静掺和了两人的呼吸，添入了他们血管内的生命跃动，还有锡灯笼内蜡烛燃烧时发出的声音，细微但活络。

“你怎么知道我的名字？”

他在室内来回踱步，动动手臂和肩膀，努力想抖落使人麻木的寒冷，地上的细尘因他踱步而略微扬起。

“‘知道名字’是我的工作，是我的技艺。这么说吧，想就某事物编构魔法时，你必须找出它真正的名字。在我们王国各岛屿，大家终生隐藏自己的真名，只有对自己完全信赖的少数人才透露；因为真名蕴含巨大力量和危险。创世之初，兮果乙人从海洋深处升起地海各岛屿时，万物都保有它们的真名。今天，所有魔法及一切巫术都还固守那个真正且古老的‘创造语言’，施法术时等于在复习、回忆那项语言知识。当然，施法术前得先学习运用那些字词的方法，也必须知道运用后的影响。但巫师终其一生都是在找寻事物的名字，或推敲找出事物名字的方法。”

“你怎么找着我名字的？”

他端详她一会儿，那清晰深邃的一瞥穿透了两人中间的阴影。他犹疑片刻：“我说不上来。你有如一盏藏在暗处的灯笼，虽被包覆，光芒依旧闪耀。黑暗没办法熄灭那光亮，黑暗无法隐藏你。我认识光，所以我认识你，也因此知道你的名字，恬娜。这是我的天赋、我的力量。我没法再多告诉你什么。但你告诉我，接下去你打算怎么办？”

“我不晓得。”

“柯琇这时应该已经发现那坟墓是空坟了。她会怎么样呢？”

“我不知道。我如果回到上面，她可以叫人杀了我，因为高等女祭司说谎是要被处死的。她如果想，就可以把我送去宝座殿台阶那里献祭。这回马南真的会砍掉我的头，而不是假装举起长剑，等候黑衣人来制止。这回长剑不会中途停住，它会挥下来砍掉我的头。”

她的声音虚弱徐缓。他蹙眉。“恬娜，我们若在这里久待，”他说，“你肯定会发疯。累世无名者的愤怒重压你的心神，连我也不放过。幸好你来了，这样好多了。可是等这么久，我已用掉大半力气。没有谁能单独抵挡黑暗无名者，她们太强大了。”话至此打住，他的声音已沉落，像是失去了话题线索。他举起双手摩擦前额，走去拿水瓶喝水，而后掰下一截面包坐在对面石箱上吃起来。

他刚才说得对。她心头有沉重压力，那股压力似乎使所有思绪和感觉转为混乱黑暗。但现在她不觉惊恐了，不像刚才单独穿越隧道走来时那么惊恐。骇人的似乎只有房间外那全然的寂静。为什么变成这样呢？以前她从不怕地底寂静呀。不过，以前她从不曾违抗累世无名者，也从不曾打定主意反抗她们。

她终于轻声一笑。“我们坐在帝国最大的宝藏室内，”她说，“连神王也甘心放弃所有嫔妃来交换一口石箱呢，我们却连一个也没打开看。”

“我开过了。”雀鹰嚼着面包说。

“摸黑？”

“我造了一点光，法术光。在这地方施法术很难。有巫杖可用都难，何况没有它——简直像在雨中用湿木头尝试起火。但我勉强造出光亮，最后也找到了我要寻找的东西。”

她缓缓抬头注视他：“那片金属环？”

“是半片。另外一半在你那边。”

“在我这边？另外一半早遗失了。”

“但找到了。我用链子把它戴在脖子上，你把它拿走了，还问我是不是买不起更好的护身符。比半个厄瑞亚拜之环更好的护身符，唯有完整的厄瑞亚拜之环。所以现在，你有我的那一半，我有你的那一半。”他穿透陵墓内的阴影向她微笑。

“我拿链子时，你说我不了解它是做什么用的。”

“一点也没错。”

“可是你知道？”

他点头。

“告诉我，告诉我那个金属环有什么作用。还有，你怎么发现遗失的那一半的？你怎么来这里的？为什么要来？这些我都有必要知道，或许知道后我就晓得接下去该怎么办了。”

“或许吧。很好。到底厄瑞亚拜之环是什么呢？唔，你也看得出来，它外表不珍贵，又这么大，实在不能说它是指环。也许是臂环，但说它是臂环好像又太小。没人知道它是打造给谁戴的。索利亚岛沉入海底消失以前，美人叶芙阮公主戴过一次，那时这个金属环已经很古老了。后来它落入厄瑞亚拜手中……这金属环是坚硬的银制品，环圈穿凿九孔。它的外侧有海浪状雕纹，内侧刻有九个力量符文。你那一半有四个符文，外加一个‘象征符文’的局部，我的也一样。破裂处刚好穿过‘象征符文’，也毁了这符文。就因为被毁，这符号又称作‘遗失之符’。其余八个符文，举世各岛屿的法师皆知，比如‘庇波耳符文’可防止发狂且保风火不入，‘贵斯符文’给人耐力，等等，但破损的那个符文才是维系各岛屿的符文，它是结合符文，又是统治记号，也是和平象征。不依循那符文，任何君王都无法把国家治理得好。没人晓得那符文到底怎么写。符文遗失后，黑弗诺大岛一直没出现英明君王，反倒出了很多小王和暴君，而全地海更是纷争不断，战事频起。

“所以群岛区各地凡是有智慧的领主和法师都希望找到厄瑞亚拜之环，设法把那个失去的符文复原。但最后他们都一一放弃，不再派人四处寻觅，因为没人有法子取得藏在峨团陵墓中的一半，而厄瑞亚拜当年交给卡耳格叛王的那一半也遗失多年。这是好几百年前的事了。

“现在我接下了这个任务。我比你现在稍微大一点时，曾投入一项……追捕行动，一种渡海越洋的寻猎。过程中，我被我所寻猎的东西耍了，漂流到一座荒无人烟的小岛屿，就在峨团岛的西南方，距峨团和卡瑞构都不太远。那岛很小，比一个沙洲大不了多少，中央有几墩青草蔓生的沙丘及一道略咸的泉水，如此而已。

“但那岛上住了两个人，一个老伯伯和一个老伯母，我猜是兄妹。他们见到我，惊骇异常，因为他们太久没有见到其他人类的脸孔了。到底多久呢？可能有数十年了吧。我当时落难，所幸他们好心救助。他们住在一间用海上浮木搭盖的小棚屋，里面还有炉火。那老妇人给我食物，包括退潮时从岩石上捡来的贻贝，或用石头掷射猎得制成的海鸟肉干等。她怕我，却仍然给我食物吃。后来，见我没做什么吓坏她的事，她渐渐信任我，还让我看她的宝物。她也有宝物……那是件小衣裳，用丝料裁制，还镶了珍珠。那是小孩的衣服，一件公主的衣服，而她身上穿的是没有经过好好裁制及保存的破海豹皮衣。

“我们没法交谈。当时我还不会讲卡耳格语，他们则完全听不懂群岛区的语言，也不太会说卡耳格语。他们一定是很小的时候就被送去那里自生自灭，我不晓得背后原因，也怀疑他们自己是否知道。除了那个小岛，以及那里的风与海之外，他们什么都不知道。可是我离开时，那位老伯母送我一样礼物，就是失落的半个厄瑞亚拜之环。”

他停顿了一会儿。

“受赠之初，我和她一样不晓得那是什么东西。古往今来最贵重的一项礼物，就从一个穿海豹皮的可怜老愚妇手中交给一个傻不愣登的小乡巴佬。小乡巴佬把礼物塞进口袋，道谢完便驾船走了……哦，所以，我继续航行去做我该做的事。后来，因为经历别的事，我去过西边的龙居诸屿等地。但我一直保存着那样小东西，我很感激那位老伯母，她把自己仅有而能赠与的礼物送给我。我用一条链子穿过环片上的孔洞，把它戴在脖子上，没再留意。后来有一天，我因故去到最远岛屿偕勒多，当年厄瑞亚拜就是在那里与奥姆龙对打后葬身异乡。我在偕勒多岛时与一条龙交谈，他是奥姆龙的子孙，是他告诉我我佩戴在胸前的东西是什么。

“他觉得很荒诞，我居然完全不知道那是什么。我们人类在龙族眼里一向是很好笑的族群。但他们还记得厄瑞亚拜，提到厄瑞亚拜时好像把他当成一条龙，而不是人。

“我返回内环诸岛后，终于去了黑弗诺。我是在弓忒岛出生的，那岛距离你们帝国西边的岛屿不远。我长大后虽然长期游走四方，但不曾去过黑弗诺，也该是时候了。我见识到白色塔楼，与各路英豪、百业商贾交流，也同许多古老封邑的王孙贵族谈话。交谈中，我提到我有半片厄瑞亚拜之环，如果他们有意，我可以去寻找收藏在峨团陵墓内的另外一半，以期找出‘遗失之符’那和平之钥，毕竟这世界迫切需要和平。他们听了大为赞赏，其中一位甚至重金相赠，好让我添购船上补给品。因此，我去学了你们帝国的语言，最后来到峨团。”

讲到这里他陷入沉默，定睛凝望前方暗处。

“我们岛上各城镇的人听你说话、看你肤色，会不知道你是西方人吗？”

“啊，懂得一些把戏后，愚弄人很容易。”他带着几分漫不经心地说，“只要制造些幻象，除了法师，没人能识破，而你们卡耳格帝国既没巫师也没法师。这还真是怪事。很久以前你们就把所有巫师驱逐出境，并严禁演练魔法，所以今天你们都不太相信巫术。”

“我从小被教导不要信巫术，因为巫术与祭司王的教导正好相反。但我知道唯有法术才可能让你潜入陵墓，从红岩门进来。”

“不仅依靠法术，也得依靠好指引。我猜想，我们比你们帝国的人较常利用书籍。你会阅读吗？”

“不会。阅读是一种不好的邪技。”

他点头。“可是有用得很，”他说道，“古代一位没偷盗成功的前辈留了些峨团陵墓的描述，以及进入的指南，只是必须懂得运用开启大法才行。这些全写在一本书上，就藏在西黑弗诺一位亲王的宝物间里。他让我拜读那本书，我才有办法深入大洞穴……”

“是墓穴。”

“那位撰写路径指南的前辈以为宝藏在墓穴那里，所以我在那儿找了又找，但我当时就有个直觉，认为宝藏肯定在隧道网中更深远之处。我晓得大迷宫的入口，见到你后就跑去那里，打算藏身在隧道网中寻找。当然，那是错误的盘算，累世无名者已先迷惑我的神智，捉拿了我。从那时起，我就越来越虚弱迟钝。凡人绝不能向她们投降，必须抵制，努力保持神智稳健笃定，这一点我很早以前就体会到了。但在这儿，想这么做可不容易，她们太强了。恬娜，她们不是神，但她们比任何凡人都强。”

两人久久不语。

“你在宝箱里还找到什么东西？”她随口问。

“都是垃圾，黄金、珠宝、王冠、宝剑。全不属于任何一个在世的人……恬娜，告诉我，你是怎么被挑选来当护陵第一女祭司的？”

“前一位第一女祭司去世后，她们走遍峨团岛寻找女祭司死亡当夜出生的女婴。结果总是能找到一个，因为女婴是女祭司转世再生。这孩子五岁大后，就被带到所在地这里。到了六岁，就献给黑暗无名者，并被无名者食尽灵魂，此后女孩就属于她们，从开天辟地以来就属于她们，没了名字。”

“你相信这一套吗？”

“一直相信。”

“现在相信吗？”

她默不作声。

黑幢幢的寂静又一次沉落在两人中间。隔了很久她才说：“告诉我……告诉我关于西方那些龙的事。”

“恬娜，你打算怎么办？我们不能一直坐在这里讲故事给对方听，眼睁睁看着蜡烛烧完，黑暗再度笼罩。”

“我不晓得该怎么办。我害怕。”她在石箱上坐直起来，一手紧握另一手，像处在痛苦中的人那样高声说，“我怕这黑暗。”

他柔和回答：“你必须作个选择。离开我，锁好门，上去你的祭坛，把我交给你的众主母，然后去找女祭司柯琇和解，让这故事就此结尾。或者是打开这房间的锁，带我出去，离开陵墓，离开峨团岛，与我同去海外，而这会是故事的开端。你必须要么是阿儿哈，要么是恬娜，不能同时分作两人。”

他低沉的声音柔和坚定。她穿过阴影凝望他的脸，那张带着伤疤的面孔严肃刚硬，但不见一丝残酷，也没有欺瞒。

“要是我撇下对黑暗无名者的服侍，她们会杀了我，要是我离开这里，我会死。”

“你不会死，是阿儿哈会死。”

“我不能……”

“恬娜，想重生必先死。从另一个角度来看的话，就不会那么难选择了。”

“她们不会让我们出去的，永远别想。”

“可能不会，但值得试试看。你晓得通路，我晓得技术，而且我们两人有……”他顿了顿。

“我们有厄瑞亚拜之环。”

“是的，没错，厄瑞亚拜之环。但我还想到了其他东西。或许可以称它为‘信任’……但这只是那样东西的许多名称之一而已。它是很了不起的一样东西。我们每个人单独时都软弱，有了它就会变强，甚至比黑暗的力量强。”他的双眼在带着伤疤的脸上看起来清澈明亮。“听我说，恬娜！”他说，“我来这里，是窃贼，是敌人，带了装备来对抗你，但你让我看到慈悲，而且信任我。其实，第一次在墓碑底下的洞穴惊鸿一瞥，见到你那张在黑暗中依然美丽的脸，我就信任你了。这几天你已向我证明了你对我的信任，我无从回报，愿将我当给的相赠——我的真名叫格得。还有，这半片环请你收下。”这时他已起身，把一个有孔有雕纹的半片银环递给她。“让破环重合吧。”他说。

她从他手中接下那半片银环，从自己脖子上取下系着另一半环片的链子，拆下环片。然后将两片合置掌中，并拢破口，它看起来就像一个完整的环。

她没抬起脸。

“我跟你走。”她说。

第十章

黑暗之怒

THE ANGER OF THE DARK

听她这么说，那个名叫格得的男人伸出一只手，握住她捧着两片破环的双手。她吃惊地仰起头，看见那张辉耀着生机与胜利的脸庞正微微笑着。她心慌，也对他心生畏惧。“我们自由了，你解放了我们两人，”他说，“独自的话，我们没有一个能赢得自由。快，趁我们还有时间，一刻都别浪费！你把两片破环举起来一下。”她本来已紧握住破环，听他要求，便再松开手指，举起手来，将环片破口互相碰触。

他没有去拿环片，而是伸出手指覆在上面；他说了几个字，脸上立刻冒出汗水。她感觉手掌有奇异震动，有如原本睡在那里的一只小动物醒转后在微微蠕动。格得叹口气，紧绷的样子松弛了，举手擦拭前额。

“好了。”他说着，拿起厄瑞亚拜之环套入她右手，穿过掌宽部分时有点紧，但仍可推到腕际。“成了！”他满意地看着，“刚刚好，它一定是给女人或小孩戴的臂环。”

“不会掉吗？”她紧张地咕哝，感觉银圈套在细瘦手臂上，冰凉而精巧。

“不会掉。修复这厄瑞亚拜之环，不能像乡村女巫补水壶那样只用修补咒，我必须运用形意咒才能使它恢复完整。现在它复原了，就像不曾断裂过。我们得走了，恬娜。我来拿袋子和水瓶，你穿上斗篷。还有东西吗？”

她笨拙地摸索钥匙孔准备开门时，他说：“要是我的巫杖在手上就好了。”

她依旧耳语似的答道：“手杖就在门外，我刚才拿来的。”

“你为什么把手杖拿来？”他好奇地问。

“我原是想……带你到大门口，放你走。”

“你可没法这么做。你只能留我当奴隶，或是放我自由并跟我一起走。好了，小人儿，提起勇气来，转动钥匙。”

她转动那把龙柄小钥匙，打开低黑走廊上的门。她手戴厄瑞亚拜之环走出陵墓大宝藏室，男人跟在她身后。

这时岩墙、地板和穹窿屋顶起了小震动，声音不大，很像远方打雷，或远处有什么大东西掉落。

她不由得毛发直竖，但没有停下动作去想原因，而是立刻把锡灯笼的蜡烛吹熄。她听见背后男人的动作声，以及他那低沉声音:“我们把灯笼留下，必要时我可以用巫杖制造光。现在外头是什么时候？”他挨着她，近得气息都吹拂到她发梢。

“我来时已经午夜过后很久了。”

“这样的话，我们要赶快行动。”

但他没有移动。她明了她必须领路，只有她知道走出大迷宫的路径，他等着跟随。她于是开步。这段隧道相当低矮，她得弓身走，不过步调不慢。看不见的岔道吹来一道凉气，另有刺鼻的湿冷气味从下方浮上来，那是巨大空穴的死味。等通道高些，可以站直时，她慢下脚步，计算着走近巨坑的步伐数。男人跟在她身后不远处，轻步慢行，并留意她所有动作。她停时，他也停。

“巨坑到了，”她小声说，“我找不到那条磴道。没有，不在这里。小心，岩石好像松了……不，不，等一下——它松了——”岩石在她脚下摇动，她连忙闪回来以保安全。男人抓住她手臂，并将她抱住。她的心怦怦跳。“那条蹬道不安全，岩石都松了。”

“我造点光来看看，说不定我可以借由正确的字咒修好它们。不要紧，小人儿。”

听见男人用马南习惯叫她的方式称呼她，她感觉好奇怪。他在巫杖尾端亮起一抹微光，看似木头余烬或雾中星光。他开步走上漆黑巨坑旁的窄道，她突然看见他前方不远处有一大块黑影。她知道那是马南，但她的声音卡在喉咙，像被绞刑套索勒住，叫不出声。

马南靠过来想把男人从不稳的踩脚处往旁推落巨坑，格得及时抬头看见马南，并因一时吃惊或激怒而大叫出声，举起巫杖挥出去。随着叫声，巫杖那抹微光增强到让人吃不消，直射宦人两眼。马南举起一只大手护眼挡光，同时拼命欺身去抓格得，却抓了个空，自己竟朝坑洞扑跌下去。

他跌落时没喊叫。巨大黑坑也没有一丝声音传上来，没有他身体落到坑底的声响，也没有他死亡的惨叫声，什么都没有。格得与恬娜危颤颤依附在蹬道边缘，双腿僵硬缩跪着，动也不动仔细倾听，但什么也没听见。

那道亮光减弱成灰暗的一小枚，几乎快看不见了。

“来！”格得说着，伸手让她拉住。走了三大步，他便领她走过蹬道。他熄灭法术光，由她再度领路。她精神麻木，脑海一片空白，走了一段路才突然想：是右边或左边？

她止步不前。

格得在她身后几步停下来，轻柔问道：“怎么了？”

“我迷路了，造点光看看。”

“迷路？”

“我……我没算好刚才共转了几个弯。”

“我算了，”他说着，走靠近些，“经过巨坑后有一次左转，接着右转，之后再一次右转。”

“那么接着应该是再右转，”她未经思考脱口而出，但双脚没移动，“造点光看看。”

“恬娜，亮光没办法告诉我们路径。”

“没有什么能告诉我们路径。路径乱了，我们迷路了。”

死寂淹覆并食尽她的喃喃轻语。

冰冷的黑暗中，她感觉到另一人的动作和体温。他摸索到她的手，握住：“继续走，恬娜。下个转弯向右。”

“造点光看看，”她乞求，“隧道绕得太……”

“没办法，我没有多余力气可以造光了。恬娜，她们……她们晓得我们离开大宝藏室，晓得我们走过巨坑，现在来找我们了，她们想找寻我们的意志、我们的精神，以便消灭它、吞食它。我必须压制她们，我正集中精力在做这件事。我必须抵制她们，我仰赖你的协助。我们必须继续走。”

“没有出路。”她说着，但跨出一步，接着再跨一步，迟疑得宛如每一步底下都有漆黑的空洞裂口，裂口下是地底虚空。她的手握在男人温暖坚实的掌心中。他们向前行。

好像经过很长时间，他们才走到大段台阶那里。这些台阶不过是岩石的凹槽，他们爬着，发现前次走时不觉这么陡。辛苦爬完这段陡梯后，接下去的步伐略快了些，因为她知道这段弯道很长，中间没有侧岔道。她的手指摸着左墙作为导引，触摸到一道左开口。“到了。”她咕哝道，但格得好像反而倒退了一下，仿佛她的动作中有些成分让他起疑。

“不对。”她混乱地低声说，“不是这个左开口，应该下个开口才左转。我不晓得，我走不来，没有路可以出去了。”

“我们要去彩绘室，”沉静的声音在黑暗中响起，“我们应该怎么去？”

“略过这开口，下个开口左转。”

她带路续行。他们绕完长回路，中间跳过两处错的岔路，走到了那条直通彩绘室的支道。

“直走就到了。”她轻声道。走到这里，漫长纠结的黑暗不再那么浓了，她熟悉这些通往铁门的通道，途中有几个转弯，她已数过不下百遍。只要她不刻意去想，那捂在她心头的奇怪重压就无法扰乱她。可是，他们越前进，就越接近那团重压，使得她双腿疲乏沉重至极，挪移十分吃力，有一两回甚至吃力到抽泣起来。她身旁的男人一次一次深深吸气、屏气，有如一个人使尽全力做一件很费劲的事。有时他会突然出声，发出几个字词的声音或单音，时而和缓，时而尖锐。如此这般，他们终于来到铁门前，可是她突然吓得抬起手来。

铁门开着。

“快！”她说着，拉住同伴通过铁门。然后，她停下脚步。

“为什么开着？”她说。

“因为你的众主母得借你的手帮她们把门关上。”

“我们来到了……”话没讲完，她的声音就没了。

“来到了黑暗中心。我知道，但我们已经走出大迷宫了。要从哪条路走出这个墓穴？”

“只有一条。你进来的那扇门从里面打不开。出去的路要穿过墓穴，爬上通道，去到宝座后面房间的活板门。那就在宝座殿里。”

“那我们就非走那条路不可。”

“但她在那儿，”女孩耳语道，“在墓穴里，正在挖那座空坟。我没办法越过她。噢，我没办法再一次越过她！”

“这时候，她早走了。”

“我不能进去。”

“恬娜，就在此刻，我努力顶住我们头上的洞顶，又让墙壁不至于迫近我们，还得让地面免于裂开。从刚才走过那个有她们仆人虎视眈眈守候的巨坑后，我一直在这样做。既然我能制止地震，你还怕与我一同面对一个凡人吗？你要像我信任你一样信任我！跟我走。”

他们继续向前。

没有尽头的隧道豁然开展。他们进入墓碑底下的天山洞，迎面袭来一股开阔的空气，黑暗也同时扩大。

他们开始依循右墙，沿墓穴外围绕行。恬娜没走几步就停下来。“那是什么？”她喃喃道，声音几乎没逸出嘴唇。在巨大、死寂、晦暗的圆室中冒出一种噪音，那是一种震动或摇撼，连血液都能听见，连骨头都能感受到。她指尖下的墙，那些由时光雕刻成的岩壁正发出轻响。

“向前走，”男人说，声音利落但紧绷，“快，恬娜。”

她一边踉跄前进，一边在漆黑又动摇得与这地底洞穴不相上下的内心高喊：饶恕我，啊，我的历代主母，啊，累世无名者，最悠久的亡灵，饶恕我，饶恕我！

没有回答。从以前到现在都不曾有回答。

他们走到宝座殿底下的地道，登上台阶走到最后一级，眼看活板门就在他们头顶上方。活板门是阖上的，如同她过去每次进出一样。她伸手去按开启活板门的弹簧，但门没开。

“门坏了，”她说，“被锁住了。”

他从后面越过她，用背部顶撞。门仍然没动。

“门没上锁，只是用某种重物压着。”

“你打得开吗？”

“或许能。我猜她在门外等着。她有男仆吗？”

“杜比与乌托，可能还有别的管理员——男人不准进宝座殿——”

“我无法一边施展开启术，一边挡开等在外面的人，又同时抵制黑暗意志。”他思考着，语音沉稳，“我们必须去试另外那扇门，就是我进来的那扇岩门。她晓得那扇门不能由里面开吗？”

“她知道，她让我试过一次。”

“那她可能就会忽略那扇门。走，快，恬娜！”

她早已跌坐在石阶上。石阶嗡嗡震动，好像地底深处有人正在猛力拉扯一条巨大绞索。

“这震动——是怎么回事？”

“走。”他的声音可靠又笃定，使她不由得依言爬下石阶通道，重返恐怖的洞穴。入口处，一股看不见但可怕的沉重怨恨向她压迫过来，有如大地本身那么重。她退缩，并不禁大喊出声：“她们在这里！她们在这里！”

“那就让她们晓得我们在这里。”男人说着，一道白色强光由他的巫杖和两只手迸跃而出，像海浪在阳光下破空腾起，与屋顶墙壁千万丽钻交相辉映。两人在这道强光下跑过墓穴，他们的影子则跑进岩石的白色纹理和发光缝隙间，跑进空荡开阔的坟墓里。他们跑向低矮的门口，进了隧道，弓身前进，她领路，他尾随。在隧道里，岩石轰隆作响，脚下石地也在撼动，但耀眼强光一直陪伴同行。就在她看到那面死寂岩墙挡在眼前时，突然听到在土地雷鸣之外，男人说了一串字词，她不禁双膝跪地，而他的巫杖飞越她头顶上方直击紧闭的红岩门。岩石有如着火般烧得白热，接着迸裂。

外头是天空，泛着破晓前的鱼肚白，几颗白星孤凉地高挂在天际。

恬娜看着星星，感受到悦人山风吹拂脸庞，但她没有站起身，反而手膝伏地，跪在天地间。

在黎明前的迷蒙光线中，男人身形变成奇异的暗影，只见暗影转身伸手拉她臂膀让她站起来。他的脸孔黝黑，扭曲如恶魔。她畏缩地想摆脱他，口中发出浊重嘶哑的尖声高喊，那不是她的声音，倒像一条坏死的舌头在她嘴里窜动："不要！不要！别碰我——别管我——走开！"她挣扎要离开他，想缩回那个正在崩溃、没长嘴唇的陵墓之口。

他稍微松了松手，以沉静的声音道："借助你手腕所戴的东西，我要你走，恬娜。"

她望着前臂上星光闪闪的银环，摇摇晃晃爬起身，目光一直没离开银环。她把手交给他握着，跟随他走。她无力快跑，两人只能步行下山。他们后头岩堆间的黑洞口传出很长很长一声怒号，充满怨恨与悔憾。岩石在他们四周滚落，地面震动。他们继续走，她仍定睛凝视腕际星光。

两人走到所在地西边的昏暗山谷，开始爬山。突然，他要她转身："瞧——"

她依言转身看。他们这时已越过山谷，爬到与墓碑同高——就是在布满钻石与坟墓的大洞穴上方或立或躺的九块巨大石碑。她看到立着的墓碑都在摇动，像船桅缓缓扭动倾斜。经过这番折腾，其中一块好像变高了，但一阵战栗后马上垮了下来。另一块跟着倒下，重重横击第一块。墓碑后面，宝座殿的低短圆顶背衬东方黄光，看起来黑压压的，连它也在震动，殿墙渐倾圮，整座巨大石造建筑竟像泥土投水般变形沉陷，而后轰隆一声瞬间溃解，破片和尘土向四面八方飞扫。山谷土地起伏推挤，状如波浪直驱山脚。墓碑之间裂开巨缝，那巨缝似乎一边张望黑暗地底，一边吐出灰烟般的沙尘。仍屹立的墓碑先后倒下，被巨缝吞噬。而后，仿佛回应穹苍，巨缝绽裂的黑嘴唇轰隆一声再度合拢，山丘一度震撼后，复归平静。

目睹这场令人丧胆的地震后，她转头回望身旁男人。在此之前，她未曾在日光下看见他的脸。“你镇平了地震。”她说着，刚听闻土地如此强大的咆哮和怒吼，她的声音显得高细如芦苇间的微风，“你把地震、把黑暗之怒压制回去了。”

“我们得继续走，”他说着，转身背对日出和已毁的陵墓，“我累了，觉得冷……”前进时，他跌跌绊绊，她搀扶他。两人都无法走快，顶多只能勉强拖着步伐。他们吃力地在山丘的大斜坡上跋涉攀爬，好像一面大墙上的两只小蜘蛛。两人爬上山顶干地后停下脚步，甫升起的太阳把他俩染成金黄，洋苏草稀疏的长阴影又为他们画上条纹。西山耸立在两人面前，山麓只见紫晕，但上面的山坡金光澄澄。两人静立片刻后，翻越坡顶继续前行，身后的陵墓所在地自视线消失，这一切全消逝了。

第十一章

西山

THE WESTERN MOUNTAINS

恬娜挣扎着从噩梦中醒来，她梦见自己走了很久很久，途经许多地方，身上肌肉全部掉光，两条手臂的双白骨在黑暗中隐隐发亮。她张开眼睛，金色光芒映入双眼，洋苏草辛味扑鼻。一阵甜蜜涌上心田，愉悦缓缓充斥全身，甚至满溢出来。她坐直，从黑袍袖子伸出双臂动一动，欢喜不迭地环顾四周。

是黄昏了。太阳已自西侧的邻近高山沉落，但余晖照耀天地。这片天，朗阔无云但有冬日萧条；这片地，广大荒凉但有金色山谷。风静歇，气候冷，万物寂然。附近洋苏草丛的灰叶枯干兀立，沙漠干草矮小的茎梗拂刺她的手。暮色的静谧光辉浩然遍照山峦和天空，映红每根树枝、干叶、枯茎。

她望向左边，看见男人躺在沙漠地上，紧裹斗篷，一只手臂垫在头下方，沉睡着。睡眠中，他的面容颇为严峻，几乎蹙眉，但左手轻松搁在沙地上。他左手旁有株小蓟，梗上还顶着一团灰白色的蓬松绒毛及防卫用小刺。这个男人和这株沙漠小蓟；这株小蓟与这个安睡的男人……

他拥有的力量近似大地太古之力，或者说与之同等强大。他曾与龙对谈，还用字咒阻扼了地震。而这个男人正躺在尘沙上安睡，手边生长着一株小蓟。真奇怪，存在于这世界的生命这么伟大，这么不可思议，远远超乎她过去所想象。此际，苍穹的霞光轻触他那尘埃仆仆的发丝，并将依偎在一旁的小蓟染成金色。

夕阳余晖徐徐消退，寒意则似乎一点一点增强。恬娜起身收集枯干的洋苏草，捡拾落地细树枝，扯断长得像极橡树手脚的结节硬枝丫。他们大约中午走到这里，由于疲惫不堪而没再前行。当时天气仍暖和，两棵发育不良的矮杜松与他们刚爬下来的西面山脊，足够替他们遮荫。他们喝了点瓶中水后躺下，没一会儿就睡着了。

她把收集来的树枝搁在矮树下，顺着岩石角度挖开沙土成一小坑，用钢片敲击打火石生火。洋苏叶和细枝等易燃物立刻点着，干树枝迸放红色火花，飘出宜人松香味。生火后，火堆周围好像显得特别黑，浩瀚天空再次露出星点。

火焰噼啪声扰醒旁边的沉睡者。他坐起来，先用两手抹抹肮脏的脸，一会儿才僵硬地站起来走近火堆。

“我担心——”他说话的语气睡意仍浓。

“我知道，但我们不能在这里过夜而没有火，天气太冷了。”隔一会儿她又说，“除非你有什么魔法可以替我们两人保暖，或是能把火堆隐藏起来……”

他在火堆旁落座，双臂环膝，两脚几乎伸入火中。“哇，”他说，“实际的火比魔法好多了。我已经在我们周围施了个小幻术，要是有人经过这里，只会看到些木棒和石块。你觉得怎么样，她们会来追赶我们吗？”

“我也怕她们来追赶，但我认为她们不会来。除了柯琇以外，没有人知道你来陵墓区。对了，还有马南，但这两人都死了。宝座殿倒塌时，柯琇一定在里面，正在活板门外等着。至于其余人，她们一定以为我在殿内或墓穴里，在地震中被压死了。”她这时也两臂抱膝，身子不由得颤抖，“我希望其余建筑没有倒塌，当时从山丘这边很难看清楚，尘埃太多了。其余神庙和房舍，比如女孩子就寝的大屋，应该没有倒塌才对。”

“我想是没倒。当时是墓穴把自己吞噬了。我们转头走时，我看到一座神庙的金色屋顶，仍然屹立没倒，而山下有人影在奔跑。”

“他们会怎么议论，他们会怎么想……可怜的潘姒！现在她可能变成神王庙的高等女祭司了。过去一向是她想逃跑，不是我。经过这番折腾，她大概真的会逃跑了。”恬娜微笑着。她内心有股喜悦，无法被任何想法和恐惧抹杀，那就像她刚才在金色夕阳余晖中醒来时所感受到的愉悦，是一种心安的欢欣。她打开袋子，拿出两小块扁面包。她将一块越过火堆递给格得，自己张口咬另一块。面包硬而酸，但非常好吃。

两人沉默咀嚼一阵子。

“我们距离海边有多远？”

“我来时花了两天两夜时间。现在回程会比较久。”

“我很强壮呀。”她说。

“没错，而且英勇。但你的同伴累了，”他微笑道，“而且我们没有太多面包。”

“我们找得到水吗？”

“明天，在山里可以找到。”

"你有办法为我们找食物吗？"她有点暧昧且畏怯地问。

"打猎花时间，也需要武器。"

"我意思是说，用——你知道喽，用法术。"

"我可以召唤兔子。"他说着，取一根歪扭的杜松树枝拨火，"现在我们四周有很多兔子，它们全趁晚上跑出洞穴活动。我可以借由名字唤来一只兔子，兔子会听话过来，但你会把那样召唤来的兔子抓去剥皮煮了吃吗？快饿死时或许会。但我想，那样做就破坏了信任。"

"没错。但我本来是想，或许你能——"

"召唤一顿晚餐？"他说，"啊，我能办到，要是你喜欢，还可以盛在金盘子里。但那是幻象，吃了幻象，结果是更饿。它的止饥效果跟吃自己的'话语'没两样。"她看见他的白牙齿在火光中闪现片刻。

"你的魔法很特别，只在碰到大事时有用。"她说这话时，略微怀抱同等的尊贵感，这可是女祭司与法师的对谈。

他添了些树枝到火堆中，火焰燃旺起来，噼啪之余还散发杜松香气和火星。

"你真的能召唤兔子吗？"恬娜突然问。

“你要我召唤吗？”

她点头。

他转身离开火堆，向着星光点点的无边黑暗轻声说：“凯波……欧·凯波……”

沉寂。无声。没有动静。但一转眼，摇曳的火光边缘，在很靠近地面的位置出现了一只宛如黑玉的晶亮眼睛。然后是毛茸茸的弓背，接着是一只耳朵，一只竖直且警敏的长耳朵。

格得再度开口说话。只见那只耳朵轻弹一下，暗影中突然出现另一只耳朵；接着，这只小动物转身，恬娜看见它完全现形。但只一下子，这只跃动的柔软小东西便若无其事地转身忙它的晚间要事去了。

“啊！”她总算解放屏住的气息，说，“好棒呀！”不久便问：“我能试试吗？”

“哦——”

“是个秘密？”她立刻恢复了庄重。

“兔子的名字是秘密，至少不该毫无理由地轻率使用。但你晓得，召唤力量并不是秘密，而是天赋，或者说是奥秘。”

“噢，”她说，“你具有那种力量，我晓得！”她声音所含的激愤没能被伪装的讥嘲所隐藏。他看看她，没回应什么。

由于奋力抵御累世无名者，他这时确实还十分疲惫。在那些撼天动地的隧道中，他的力气用尽，尽管最后得胜，已没什么精神感觉欢喜。所以他很快又蜷缩起来，尽可能靠近火堆睡觉。

恬娜继续坐着为火堆添柴，然后定睛细瞧闪烁发光的冬季群星，由地平线的一边望到另一边。后来，壮丽星空和四周沉寂让她渐感昏沉，她打起了盹儿。

他们都醒来时，火熄了。她之前遥望的群星已移至西侧山头，东边则升起新的星群。他们是被寒意冻醒的，那沙漠夜晚的干冷使吹来的山风利如冰刀。浮云自西南天际渐渐飘来。

收集来的柴枝差不多烧完了。“我们走吧，”格得说，“快天亮了。”他牙齿打战得厉害，她几乎听不懂他说什么。两人出发，开始爬越西边的漫长缓坡。星光下，树丛和岩石看起来仍乌压压，但倒和白天一样好走。起初感觉冷，一走路就暖和了；他们不再缩着身子发抖，开始轻松前行。日出时，他们已走到西部山脉的第一座山峦，那是截至目前隔绝恬娜一生的巨墙。

他们在山中一处树林暂歇，树上的金黄叶子随风颤动，但仍依附着树枝。他告诉她那是山杨树。她认得的树很少，只有溪河边的杜松和有气无力的白杨，以及所在地果园的四十棵苹果树。一只小鸟在这些山杨树丛间轻声啁啾。树下有条小溪，河道窄但水流强，哗啦啦有力地流过岩石和低瀑，因流速快而没结冻。恬娜对它几乎感到害怕。她已习惯沙漠，那儿的事物一概静寂徐缓，溪河慢行，乌云滞留，兀鹰盘旋。

他们分食一片面包和最后一小块奶酪当早餐，稍事休息后继续上路。

向晚时分，他们已经爬了很长一段上坡路。当日天气多云沉郁，风大严寒。晚上，他们在另一处河谷露宿。这里木柴充足，他们用圆木生起旺火，足够取暖。

恬娜很快乐。她发现一个松鼠藏匿坚果的处所，因为空树干倒下来而暴露无遗，里面约有两磅完好的胡桃，还有一种表壳光滑的坚果，格得不晓得卡耳格语叫什么，但他称它们为“油比尔”。她找来一块平石和一块槌石，把坚果一颗颗敲开，我一颗你一颗地把果肉与男人分享。

“真希望我们能留在这里，”她说着，俯瞰山峦间多风的昏暗河谷，“我喜欢这地方。”

“这是个好地方。”他同意。

“外人永远不会来这里。”

“不会常来……我也是在山里出生的，”他说，“在弓忒山。我们如果由北路去黑弗诺，就会经过它。冬天时，那座山看起来很美，漫山遍野白皑皑，宛若巨大海浪突出在海面上。我出生的村子也在溪边，和这条溪很像。你在哪里出生的，恬娜？”

“峨团岛北边的恩塔特吧，我不记得那地方了。”

“他们那么小就把你带走？”

“五岁。我还记得屋里的炉火，以及……没有了。”

他摸摸下巴，虽然长出一点胡子，总算还干净；稍早，两人不顾天寒在山溪里洗了澡。这时他摸着下巴，露出若有所思的严肃表情。她看着他，在山间昏暗中借由火光看他，却永远说不出心里真正想说的话。

“到了黑弗诺，你打算做什么？”他出声，对着火堆询问，而不是对她，“你真的重生了，胜过我个人曾体验的重生。”

她点头并淡然一笑。她感觉宛如新生。

“你至少该学点语言。”

“你们的语言？”

“对。”

“我很想呀。”

“唔，那好。这是‘卡巴’。”他说着，抛了颗小石子到她黑袍的衣兜里。

“‘卡巴’。那是龙语吗？”

“不是，不是。你又不施法术，这是和别人交谈用的！”

“龙语的小石子叫什么呢？”

“‘拓’，”他说，“但我不准备让你当我的术士徒弟。我要教你的是群岛区，就是内环岛屿一般人讲的话。我来这里以前也先学了你们的语言。”

“但你讲得好怪。”

“是啊。来，‘奥肯米·卡巴’。”他说，并伸手出来，要她把小石子给他。

“我一定得去黑弗诺吗？”她问。

“不然你要去哪里，恬娜？”

她犹疑未语。

“黑弗诺是座美丽的城，”他说，“况且，你要把那和平象征，那臂环，那失落的宝物带去给他们。黑弗诺的人民会像对待公主般欢迎你。他们会因为你带给他们这项贵重礼物而尊崇你、款待你，让你确实感到宾至如归。那座城的居民高贵慷慨，他们会因为你的白皮肤而称呼你‘白女士’，加上你又这么年轻，这么美丽，他们会加倍爱护你。你会有上百件像上次我借幻术表演给你看的丝质衣裳，但必定是真实的衣裳。你会受人赞美、感激、爱护。过去的你只懂得孤独、嫉妒与黑暗。”

“那时有马南，”她防卫般说着，嘴有点颤抖，“他爱我，一直照顾我。他尽他所知保护我，我却因此害他跌入巨坑，害死了他。我不想去黑弗诺，我不要去那里，我想留在这里。”

“这里——峨团岛？”

“山区这里，我们现在所在的这里。”

“恬娜，”他以郑重低沉的声音说，“既然这样，就待在这里吧。但我连把刀也没有。这里要是下雪，肯定下得凶。不过，只要我们找得到食物——”

“不行。我知道我们不能留在这里，我只是闹闹傻气罢了。”恬娜说完，站起来为火堆添柴，裙兜的坚果壳散了一地。她身上那件衣服和黑斗篷早已污损，看起来异常单薄，但她站得挺直。“现在我原本知道的一切全没用了，”她说，“又还没学到任何东西。我得试着学些东西才行。”

格得瑟缩着把头转开，宛如身陷苦痛。

次日，他们翻越黄褐色山脊的最高点。行走山间隘道时，厉风兼劲雪吹得人刺痛而睁不开眼。一直走到下了山脊，又走了很久到另一边，脱离山巅雪云蔽天的地带，恬娜才终于见到巨大山墙外的大地。一望无际尽是翠绿，松树、草地、耕地、休耕地，放眼皆绿。甚至在这灌木尽秃、森林满是灰枝的萧条冬季里，它仍是绿地，粗朴温厚。他们由高处岩坡俯瞰，格得默默手指西天，太阳躲在浓浓奶油黄晕与一卷卷云层背后，渐渐下沉。红日虽掩，但地平线依旧灿烂，与陵墓墓穴水晶墙的闪耀光辉不相上下，仿佛世界的这个边缘正展现一种欢快光芒。

“那是什么？”女孩问。他答：“海洋。”

不久后，她见到另一件事，虽然没那么奇妙，但仍够奇妙。他们来到一条道路。黄昏已至，他们便循路走进一座村庄，一座沿路分布了十来户人家的小村庄。她一发觉他们正进入人群中，马上慌张地转头看同伴，却发现同伴不见了，身旁的人穿着格得的衣服、模拟格得的步态，穿格得的草鞋大步行走，却是另一个人。这个人白皮肤，没有胡须。他朝她送来一瞥，那双眼睛是蓝色的，还对她眨眼。

“我这个样子能骗过他们吗？”他说，“你的衣服好看吗？”

她低头一看。她穿着村妇的褐裙和外衣，肩上围了条红色羊毛大披巾。

“啊，”她说完，猛地止步，“噢，原来你是——你是格得！”她说出他名字时，霎时非常清楚地看见她熟悉的黑褐色皮肤、有伤疤的脸，以及那对黑色眼睛。可是，实际站在身旁的是牛奶肤色的陌生人。

“在别人面前别叫我的真名。我也不叫你的名字。我们现在是兄妹，从铁拿克拔来的。待会儿如果见到长相和善的人，我打算拜托他招待一顿便餐。”他拉了她的手，一同进村。

两人次日离村时，腹中饱满，在干草棚睡了一夜好觉。

“法师常乞讨吗？”恬娜问时，两人已走在绿野田道上，两旁青草地有山羊和小花牛在吃草。

“你为什么问呢？”

“看你好像很习惯乞讨的样子。老实说，你可真善于乞讨呢。”

“嗯，没错。用那种方式来看的话，我这辈子都在乞讨。不消说，巫师没有多少家当。事实上，漫游时，他只有一根巫杖和一身衣物。多数人乐于施予食物和歇息处给法师，而法师会尽力回报。”

“怎么回报？”

“唔，比如刚才那位村妇，我替她的羊治病。”

“那些羊怎么了？”

“它们都罹患乳房传染病。我小时候常放羊。”

“你有对她说你治好了那些羊吗？”

“没有。怎么对她说？为什么要讲呢？”

安静片刻后，她说：“我看你的魔法不是只对大事有用而已。”

“对陌生人好礼款待是很了不起的事。当然，道谢已足够，但我为那些山羊感到难过。”他说。

下午，两人经过一座大镇。镇上房舍以泥砖建造，村子四角加设堞口和瞭望塔，并建有卡耳格式城墙，但大门仅一扇，门下有几个牲畜贩子正赶着一大群羊经过。百余间房舍的红砖屋顶，突出于土黄色石墙上方。镇门边站了两名守卫，头上戴着缀有红色羽饰的头盔，那种头盔表示服效神王。恬娜见过戴这种头盔的人来陵墓所在地，大约一年一次，押送奴隶或护送金钱到神王庙奉献。他们经过围墙外时，恬娜这么告诉格得，格得回道："我也见过。我小时候，他们侵袭弓忒岛，涌进我们村子掠夺，但被赶走了。不过，随后在阿耳河河口岸边打了一仗，很多人被杀死，据说有数百人之多。唔，现在臂环已复原，遗失之符已重现，卡耳格帝国与内环岛屿王国之间或许不会再有这种侵袭和杀戮了。"

"这种事如果继续发生就太不明智了，"恬娜说，"神王有那么多奴隶，不晓得他打算用来做什么。"

她同伴显然深思这问题一会儿："你是指，如果卡耳格打败群岛王国以后吗？"

她点头。

"我认为这种事不可能发生。"

"可是你看看这帝国多么强大。就拿刚才那座大城来说，它有城墙，有守卫。要是他们出兵攻打，你们的岛屿怎么抵御？"

"那座城还不算大，"他谨慎和缓地说，"我第一次离开家乡的山村时，也认为这样的城很大，但全地海有很多很多城，与那些城一比，这只是个小镇。地海的岛屿也是很多很多。你慢慢会看到的，恬娜。”

她没说什么，只绷着脸，沿路拖步。

“每逢船只渐渐靠近岛屿时，从未看过的陆地在海上慢慢升起，那种景象实在令人赞叹。农田、森林、城镇、宫殿、港口，以及贩卖世界各地货品的市场，喔，真是应有尽有。”

她点头。她晓得他正在努力激励她，但她的欣喜全留在山上那处溪流潺潺的昏暗河谷。现在她内心反倒有股渐渐增强的恐惧。前途未卜，除了沙漠和陵墓，世事她一概不知。知道沙漠和陵墓有什么用？她晓得地底隧道的转弯，但隧道崩毁了；她知道怎么在祭坛前跳舞，但祭坛坍塌了。她一点也不懂森林、城镇，甚至人心。

她突然说：“你会与我一同住在黑弗诺吗？”

她没有看他。他依旧是幻术的乔装打扮，一个白皮肤的卡耳格乡下人，她不喜欢看他这种样子。不过，他的声音没变，跟在大迷宫的黑暗中讲话时完全一样。

他很慢才回答：“恬娜，我的生活是遵循传召，被派去哪儿就去哪儿。到目前为止，我还不曾滞留某座岛屿很久。你了解吗？我得完成我必须做的事，而那些事都得独自完成。如果你需要我，我会陪你留在黑弗诺。之后假如你又需要我时，可以召唤我，我会来的。只要你召唤，就算躺在坟里，我也会来，恬娜！但是我没办法陪你久留黑弗诺。”

她一语不发。过一会儿他又说：“到了黑弗诺，你很快就不需要我了。你会过得很快乐。”

她点头，默默接受。

他们并肩走向海洋。

第十二章

旅

VOYAGE

他的船藏在岩穴中，就在一处矶岩嶙峋的大海岬边，附近村民称那海岬为“云烟岬”。一位村民送给他们一大碗闷烧鱼做晚餐。食毕，这苍茫白日已近尾声，他俩利用最后余光顺着绝壁往下走到海滩。说是“岩穴”，其实是一道向内伸入约三十英尺长的狭窄岩缝，由于位置刚好在潮汐高点的上方，那里的细沙地颇为潮湿。从海上可以看见这岩缝开口，所以格得说他们不应该起火，免得乘小筏在沿岸来往的夜间渔民看见而心生好奇。于是两人只能凄惨地躺在潮湿沙地上过夜。地上的沙用手指摸的话算细，但对于两具疲惫的身体而言，简直硬如岩石。恬娜躺着静听洞口下方仅距数码的浪涛冲刷、吞没、拍击岩石；她也听得见东岸绵延数英里的海水澎湃。海水反复制造相同的声音，但又始终不太一样，也始终不歇息。它在举世岛屿各海岸以不歇的海浪汹涌起伏，永不停息，永不静止。她所熟悉的沙漠和山脉是静立的，永远不会用那单调的宏音大声嚷嚷。海洋永远在说话，但她不懂它们的语言，觉得生分。

第一道苍茫天光出现，潮水仍低时，她因为睡不安稳而起身，正好看见巫师走出岩穴。她看见他穿着东腰斗篷赤脚走出去，到岩穴下方黑纹岩石底下找东西。他返回时，狭窄岩穴为之一暗。“喏。”他说着，递给她一把湿答答的可怕东西，一个个像长了橘色唇瓣的紫色岩石。

“这是什么？”

“贻贝，从外面岩石那边捡来的。另外那两个是蚝，味道更好。看——就像这样吃。”他取出在山里时她借给他的钥匙环上所附的短剑，撬开贝壳，把橘色贻贝就着海水当蘸酱吃下去。

“你煮也不煮吗？居然活生生吞了它！”

格得有点不好意思，但不管三七二十一，继续一个个撬开贝壳吃个精光。他吃时，她不愿观看。

他一吃完，便穿过岩穴走向他的船。那条船船首向前，船底垫了几根长浮木。前一晚恬娜已见过那船，不但对它无法信任，也压根儿没法理解它。它比她观念中的船大得多，是她身高的三倍。船内有很多东西她不了解用途，而且这船看起来很不可靠。它的鼻子（她把“船首”称为“鼻子”）两侧各画了一只眼睛，以致昨夜半睡半醒中，她老是感觉那条船瞪着她。

格得走进船内翻寻了一会儿，回来时带了东西：一袋硬面包，为防止变干而经过了仔细包装。他递给她一大片。

“我不饿。”

她表情不悦，他深深看了她一眼。

他把面包照原样包好摆在一旁，然后在入口处坐下。“大约再过两小时，潮汐会上涨，”他说，“到时候我们就走。你昨晚没睡好，何不利用这段时间睡一下。”

“我不困。”

他没接腔，照旧侧身叠脚坐在昏暗的岩石拱道中。她从岩穴内望去，先是他的侧影，再过去就见到波光粼粼的海水起伏。他没动，沉静如岩石，周身散发的沉静氛围，有如石头落水所生的圈圈涟漪。他的沉静不是“没有说话”的那种状态，而是已然成为一样东西，与沙漠的寂静相仿。

过了很久，恬娜起身走向洞口。他仍然没有动。她低头看他的脸，那脸庞有如铜铸，予人严凛正气之威，黑眼睛没闭但向下望，嘴巴祥和超然。

他和大海一样，远远超乎她能触及。

他此刻在何方？他的神识走到哪个方向去了？她永远不可能跟随他。

他已经让她跟随到了这里。借由叫出她的名字，他把她召来；她顺从他的指示出现了，就像他从黑暗中召出的沙漠野兔。现在，他取得臂环，陵墓崩毁，护陵女祭司也永远弃誓，他不需要她了，就径自脱身到她没办法跟随之处。他不会与她一同留下。他愚弄她完毕，打算弃她不顾。

她弯腰伸手，迅雷不及掩耳地由他腰带抽出她借给他的那把钢铸短剑。他依旧没动，依旧像尊雕像——一尊遭劫的雕像。

那枝短剑的刀锋仅四英寸长，锋口锐利，是小型献祭用刀。它是护陵女祭司服饰的一部分，平日她必须将这把短剑连同钥匙环、一条马毛皮带及其余用途不详的小东西一并随身配挂。她从未使用过这把短剑，只有在跳黑月之舞的一段时，她必须在宝座前抛掷短剑，然后接住。她一向喜欢那个表演，舞蹈奔放，没有音乐，只有她双脚的踩踏声。一开始她常切伤手指，练了又练，好不容易才有把握每次都接住短剑。它锋利的刀刃足以深切指肉直达骨头，或割断喉咙动脉。她要继续服侍她的众主母，虽然她们已经辜负且遗弃她。但今天这最后的黑暗行动，她们会指引并策动她的手。她们会接受这个牺牲祭品。

她转向男人，右手持刀放在后腰。这时，他缓缓仰脸看她，那容貌好像一个人由遥远的地方前来，而且目睹了可怕的事。他的脸庞平静但满溢痛苦。在他举头凝望她，且好像渐渐看清她的短暂过程中，他的表情逐渐清朗。最后，他像是打招呼般说："恬娜。"并举手碰触她手腕那只有雕刻的带孔银环。他这么做，仿佛对自己再做一次放心的保证。他没留意她手中的短剑，而是转头去看岩壁下方翻腾的海浪，并勉力启齿道："是时候了……我们该走了。"

一听他声音，愤怒就消失了。她只觉害怕。

"你会忘记她们的，恬娜。你渐渐自由了。"他说着，突然一跃而起。他舒展一下身子，并重新系紧斗篷腰带。"来帮我推船好吗？船底托着圆木，不难推动。对，推……再一次。好，好，行了。准备跳进船里，我说'跳'时，你就跳进去。这地方不太容易登船——再来一次。预备！跳！"他自己紧随着跳进船内，见她重心不稳，他扶她到船底坐好，然后叉开双腿站在桨旁，顺着一阵退潮用力把船推送出去。就这样，船越过浮沫翻涌的岬头，进入海洋。

离开浅滩水域好一段距离后，他停了桨，收靠在船桅边。此时，恬娜在船内，大海在船外，这条船看起来好小。

他张起船帆。那张暗红色船帆虽经细工补缀，整条船也相当干净整齐，但船上装置仍流露经年使用的风霜老态，看起来和船主一样，经历了遥远航程，却没被善待。

“好了，”他说，“好了，我们离开了，我们安全了，清清净净。你有感觉吗，恬娜？”

她确实也有感觉，一只黑手放掉了长久以来对她心灵的牵制。不过，她没有像在山里那样开心，反而把头埋在臂弯里哭了起来，两颊又是盐迹斑斑，又是热泪涔涔。她为过去受无益邪恶捆绑，浪费许多岁月而哭泣。她痛心流泪，因为她自由了。

她渐渐认识到“自由”的沉重。自由是重担，对心灵而言是硕大无朋的奇特负荷，一点也不轻松。它不是白白赠予的礼物，而是一项选择，而且可能是艰难的选择。自由之路是爬坡路，上接光明，但负重的旅者可能永远到不了那个终点。

格得任她哭，没说半句安慰的话；她哭完，坐着回头遥望峨团岛暗蓝色土地时，他还是没说半句话。他面色严峻戒备，就好像他是孤单一人。他敏捷地默默照应船帆并操舵，始终注视前方。

下午，他手指他们航行的太阳方向，说：“那是卡瑞构岛。”恬娜顺着他手指方向望去，瞧见远方云烟般隐约的山峦，那是当今神王所在的大岛。峨团岛早落在后面不见了。她内心异常沉重，太阳像一把金色槌子在她眼里击打。

晚餐是干面包、烟熏干鱼配水。干鱼的味道她很不喜欢，水则是前一晚格得用船上水桶到云烟岬海滩边的小溪汲来的。冬季夜晚来得快，且海上寒意深浓。北方远处曾出现一会儿细微光点，那是卡瑞构岛海边渔村的黄色火光，但很快就被海面升起的雾气笼罩而不见。这晚没有星光，他们是独航大海的孤舟。

恬娜早已蜷缩在船尾；格得躺卧在船首，用水桶当枕头。船只稳定行驶，虽然这时的海风只是微微由南面吹来，但海浪仍轻轻冲击船身两侧。远离岩岸后，船外的大海甚为寂静，只有碰触船只时才稍微出点声。

“如果风从南面吹来，”由于海洋轻声耳语，恬娜也小声说话，“船只不就是向北行驶吗？”

“对，除非我们掉转方向。我造了法术风在船帆上，现在船只是往西航行。到了明天一早，我们就会完全离开卡瑞构水域，届时我会让她用自然风航行。”

“这条船会自己操舵吗？”

“会。”格得认真地说，“只要给她合宜的指示。但她不需要太多指示。她在开阔海航行过，曾经去到东陲最东岛屿以外的大海，还去过最西边厄瑞亚拜死去的偕勒多岛。她是一条有智慧的巧船，我的‘瞻远’，你可以信任她。”

这女孩坐在这条借由魔法在大海上行驶的船内，仰头凝望黑暗。她过去这一生都在凝望黑暗，但相较之下，这晚海洋上的黑暗更为浩大无边，它没有顶，一直延伸到星辰之外，没有凡俗力量在牵动它。它先于光明存在，也将后于光明存在；它先于生命而存在，也将后于生命而存在。它无限延伸，超越了邪恶。

她在这片黑暗中开口道：“你受赠护身符的那座小岛，也在这海上吗？”

“对。”他的声音从这片黑暗中冒出来道，“可能在南方某处，我一直没办法再找到它。”

“那个送你环片的老伯母，我晓得她是谁。”

“你晓得？”

“这故事是听来的。那是第一女祭司必学的知识之一。萨珥曾对我讲，她第一次讲时柯琇也在场。后来萨珥与我独处时，她又讲得更仔细，那回是她死前最后一次同我谈话。故事是说，胡庞有个贵族家系因为反对阿瓦巴斯高等祭司而与之战斗。那个贵族家系的缔造者是索瑞格王，他遗留给子嗣的大量财宝中有个破环片，是早年厄瑞亚拜给他的。”

“这故事在《厄瑞亚拜行谊》诗歌中也明确提到。歌中内容——用你们的卡耳格话是说：环破时，一半仍在高等祭司殷特辛手中，另一半在英雄厄瑞亚拜手中。事后，高等祭司将半片破环送去峨团岛，送给与这世界同等古老的累世无名者。那半片破环于是沉入黑暗，沉入失落的地区。但厄瑞亚拜把自己那一半转交给贤明国王一位尚未婚配的女儿提娥拉，并说：‘让它留在未嫁少女妆奁的光辉中，让它继续留在帝国，直至与另外半环重新结合复原的那日。’厄瑞亚拜向西航行之前是这么说的。”

“如此说来，那半片破环一定是在那个家系的历代女儿手中传递了无数年，并不像你们内环岛屿的人所想的那样遗失了。可是，后来高等祭司自封为祭司王，祭司王再缔造帝国，并开始自称神王，在这期间，索瑞格家系反而越来越卑微衰弱。到最后，就如萨珥告诉我的，索瑞格家系传到只剩下两人，是一个小男孩和一个小女孩。当时有预言指示，胡庞索瑞格家系的一个子嗣终将使帝国灭亡，居住阿瓦巴斯的神王，也就是当今神王的父王知道后，内心震骇不已，便命人由胡庞宫殿偷出那两个小孩，把他们带去远在海上的孤岛，而除了他们身上衣物和一点食物之外，什么都没留给他们。因为不管用刀杀或闷死毒死，他都不敢下手，毕竟两个小孩有王族血统，而即使以神王之尊，谋害王族也会招引诅咒。那两个小孩，一个叫安撒，一个叫安秀。送你破环片的就是安秀。”

他静默良久，最后才说：“所以这故事完整了，就如臂环一样。但恬娜，这实在是个残酷的故事。那两个小孩，那座小岛屿，我碰到的老伯伯、老伯母……他们几乎不会说人类语言。”

“我想问你一点事情。”

“问吧。”

“我不想去内环岛屿的黑弗诺。我不属于那里，我不想置身大城、夹在陌生人当中。我也不属于任何岛屿。我背叛了我们帝国的人，已经没有族人，而我又做了一件极邪恶的事。所以，你就把我单独放在某座小岛上，像当年国王之子曾受的待遇一样，选个无人孤岛放下我。然后，你把完整的臂环带去黑弗诺。那是你的，不是我的，它与我完全无关，你们国人也与我无关。让我自生自灭吧！”

此时，她面前的黑暗中，一道如同小型月升般的光亮出现，虽然徐缓，但仍然吓了她一跳；那是应他的指令而生的法术光。那光亮附着在他的巫杖尾端，他面向她坐在船首，单手竖直巫杖。法术光那银白色光芒映照着船帆下方、船舷、船内底板，以及他的脸孔上。他两眼直视她。

“恬娜，你做了什么邪恶的事？”

“我下令把三个男囚犯关在墓碑底下的暗室里，让他们饿死渴死。等他们死了，就直接埋在墓穴中。那些墓碑就倒塌在他们的坟上。”她讲不下去了。

“还有吗？”

“马南。”

“他的死算在我账上。”

“不，他会死，是因为他爱我，是因为他对我忠心耿耿。他认为那是在保护我。以前举行祭礼时，是他在我脖子上方持剑。

小时候，他很疼爱我，每次我哭的时候……”她又讲不下去了，热泪盈眶，但她不愿再哭出来，两只手紧捏黑袍褶边。“我却不曾对他好。”她说，“我不要去黑弗诺。我不要跟你去。找个没人会来的小岛把我放下，不要管我。行恶须付代价。我不是自由的。”

法术微光被海上雾气罩得更淡微，但仍在两人之间绽放。

“恬娜，你仔细听我说。以前你只是邪恶的工具，现在邪恶倾空了、终结了、埋在它自己的坟中。你绝不是生来残酷和黑暗的；你是生来承光的，有如燃烧的灯火，承载并绽放光亮。我发觉这盏灯没有点亮，不愿它弃置在沙漠岛，如果我那样做，就好比找到一样事物又随意丢弃。我要带你去黑弗诺，并告诉全地海的亲王，说：‘各位看！我在黑暗之处发现这道光，发现她的心灵。由于她，一个古老的邪恶消灭了；由于她，我走出坟墓；由于她，破坏复原完整，从此怨恨变和平。’”

“我不去，”恬娜痛苦地说，“我不能去。你讲的都不是真的！”

“之后，”他平静地继续说，“我要带你离开那些亲王和贵族，因为你说得对，你无法融入那种地方。你太年轻，也太聪慧。我要带你到我自己的家乡，就是我出生的弓忒岛，把你交给我师父欧吉安。他老人家虽然年事已高，但是个非凡卓越的法师，是个具备宁谧心灵的人，大家都称他为‘缄默者’。他住在锐亚白镇悬崖上的小屋，高高俯瞰大海。他养了些羊，还有一方园圃。每年秋天他会单独在岛上漫游，行遍森林、山麓、河谷。我比你现在年少时，曾与他同住；但我没有住很久，那时不懂得应该住下去。我离开那儿，去寻找邪恶，结果确实找到了……可是你不同，你是来躲避邪恶、寻找自由，你可以先静静在那里待一段时间，等找到你要的人生方式再说。恬娜，在我师父那里，你会找到仁慈和宁静。待在那里，你那盏灯在风中也会燃亮。你肯去吗？”

灰白色海雾在两张脸孔间漂浮，船只在长浪上轻缓摆动。他们四周是夜色，他们下方是大海。

“我愿意。”她吐了口长气，隔了很久又说，“真希望快一点……真希望现在就能去那里……”

“不会很久的，小人儿。”

“你会常来吗？”

“能来时就会来。”

法术光淡去，两人周围阒黑一片。

数度日升日落，他们这趟冬季之旅经历平静无风与冰冻强风交替后，终于航抵内极海。他们夹在大船豪艇中间，驶经拥挤水道，北上至伊拔诺海峡，进入深踞黑弗诺心脏的海湾，再穿越海湾到达黑弗诺大港。他们见到了白色塔楼——事实上，当时整座城都在白雪中熠熠生辉。桥梁棚顶和房舍的红屋顶均为白雪覆盖，港内上百船只的索具因结冰而在冬阳中闪耀。“瞻远”的补丁红帆在这地区各海域名声响亮，以至他们尚未抵港，消息已先传开。大批人潮聚拥在下雪的码头，各色三角旗迎着明灿寒冷的冬风在众人头上啪啪作响。

恬娜端坐船尾，仍是那身破旧黑斗篷。她瞥瞥腕际臂环，然后抬头注视群众、缤纷彩柱和宫殿高塔。她举起右手，阳光映照银色臂环。一阵欢呼越过动荡不定的水域传过来，在风中听起来虽微弱但不失欢悦。格得把船驶入码头，百余只手同时伸出来，要接下格得掷向系泊处的缆绳。他跃上码头平台，转身伸手给恬娜，微笑说：“来！”她起身登岸。她握着他的手，庄重地走在他身边，一同爬坡步上黑弗诺的白色街道，宛如孩子回家。

读客®

科幻文库

跟着读客读科幻，经典科幻全看遍

太空歌剧、赛博朋克、奇幻史诗……

中国、美国、英国、俄罗斯、波兰、加拿大、日本、牙买加……

读客汇聚雨果奖、星云奖、轨迹奖获奖作品

精挑细选顶尖的科幻奇幻经典

陪伴读者一起探索人类文明的过去、现在和未来

亿亿万万年，直至宇宙尽头

图书在版编目（CIP）数据

地海传奇 2：地海古墓 / (美) 勒古恩
(Le Guin,U.K.) 著；蔡美玲译. -- 南京：江苏文艺出
版社, 2013.10（2023.12重印）
（读客全球顶级畅销小说文库）
ISBN 978-7-5399-6481-2

Ⅰ. ①地… Ⅱ. ①勒… ②蔡… Ⅲ. ①长篇小说－美
国－现代 Ⅳ. ①I712.45

中国版本图书馆CIP数据核字 (2013) 第 180280 号

地海传奇2：地海古墓

［美］厄休拉·勒古恩 著　　蔡美玲 译

责任编辑　丁小卉
特约编辑　孟汇一　　胡艳艳
封面设计　陈　昭
责任印制　刘　巍
出版发行　江苏凤凰文艺出版社
　　　　　南京市中央路 165 号，邮编：210009
网　　址　http://www.jswenyi.com
印　　刷　三河市龙大印装有限公司
开　　本　890毫米 × 1270毫米 1/32
印　　张　7
字　　数　106千字
版　　次　2013 年 10 月第 1 版
印　　次　2023 年 12 月第 17 次印刷
标准书号　ISBN 978 – 7 – 5399 – 6481 – 2
定　　价　39.90 元